ツワブキの咲く場所

雨宮福一
AMEMIYA FUKUKAZU

幻冬舎 MC

ツワブキの咲く場所

目次

プロローグ

「ゆるすことかな。見捨てると少し違った」

夏のような濃い青色をした空には、雲が浮かんでいる。草原はどこまでも広がり、湿度のなさが埃っぽさと相まって、ここが日本ではないと感じさせる。それなのに暑くもなければ、寒くもまたない。

音は聞こえず、風は吹かない。

「ここは……」

私の目の前には草原と隣り合う公園があった。小さなブランコがぽつんと置かれただけの、何の変哲もない広々とした公園だ。

つやのある黒い髪を真っすぐに伸ばした少女と、どこか見覚えのある子どもが向かい合っている。

少女はブランコに腰掛けて、見覚えのある子どもはじっと立ち尽くしていた。互いの顔を見つめたまま、二人は涙を流していた。

私は周りをぐるりと見回してから、ああ、と短くため息をついた。彼らの姿はいかにもはっきりとして、見まがうはずもない。それなのに、聞こえくる音や漂ってくる匂いからは、小説の叙述が一部欠落しているかのような違和感がある。

これは、夢だ。眠りに就く私……夏春涼が見ている、自らに起きた過去の光景。

まだ夢からは覚めず、過去に引き戻される。四歳の私は、少女のいた所から引きずられるように連れていかれた。少女の姿が見えなくなって泣きじゃくる私は、不自然なまでの笑顔を作ってみせた。

「お母さん、今日はどこへ行くの」

舌足らずの調子で母に聞く私は、ワンピースの服を着せられていた。今思えば女の子が着る服だったが、あのころの私は何ら疑わず親のことを信じていたから、そのような恰好をさせられていたことを、ごく当たり前のこととして受け入れていた。

私と手をつなぎ、母は微笑みを浮かべている。私もまた母へ微笑み返した。

そんな二人の様子から、私は、それへ続いて繰り広げられようとする夢の情景に意識を向けた。

母は私に
「あなたに会わせなくてはならない、運命の人がいるのよ」

と語り掛けてくる。

私はその時、ただ母へ微笑み返す。この仕草が何を意味したものか、当時の私にはまるで分からなかった。

母は見慣れないアパートの横に立ち止まった。母は私にアパートの前で待っているよう

プロローグ

に言い、幼年の私はそこを動かなかった。

数十分。いや、もっとそうしていただろう。待ちくたびれた私が地面に石で絵を描いているると、草原のある方角から一人の女の子が歩いてくるのが見える。先ほどの赤いスカートがよく似合う、つやのある黒い髪の、可愛らしい女の子である。私の姿を認めると、頬をぱっと赤らめてこちらの方へ駆け寄り聞いてきた。

「どこから来たの？」

あの子だ。

公園のブランコの所で泣いていた……あの女の子だ。

過去の件と自覚している私は胸のうちで、ダメだ、と声を上げそうになった。しかし一切は「夢の中の出来事」だ。起きてしまったことを変えることはできない。ここでどれだけ叫んでみたところで、現に目の前に存在していた過去を改変するなど、初めからできない相談だ。そう思えば、喉の奥が引きつって言葉もない。

一方、夢の中で無邪気に笑う幼年の私は、不思議そうな面持ちで彼女に答えた。

「隣町から来たよ」

すると、女の子が不意に私の右手をつかんだ。

「じゃあ、一緒に遊ぼう！」

彼女の笑顔は、重く垂れ込めた雲の隙間から神々しく差し込む、まばゆい一条の光のように見えた。急に私は何も考えられなくなり、母に「待っていて」と言われたことも忘れて一度だけ頷いた。彼女の喜びは、いよいよ増してゆくようだ。彼女が草原に走り出そうとしたものだから、私は急いでワンピースのすそを膝までたくしあげた。白い膝があらわになり、みずみずしい草の触感がふくらはぎに新しい。

彼女も、釣られてスカートをたくしあげた。私がしたよりもさらに上の方までたくしあげたから、太ももの全体までもが見えるようになった。思わず視線を落とせば、女の子が履いている黄色の靴下がパッと目に飛び込んでくる。たちどころに気恥ずかしい思いがし、私は膝より上まで、ワンピースを思い切り持ち上げた。

「よしっ！　行こう」

草原に生い茂る草は、私たち二人の顔を覆い隠すほどの高さに成長している。手入れする者がいないのか、枯れ草を乗り越え、次々と生え出てゆくさまが青々としたイネのような植物から見てとれる。

彼女は行く先をあらかじめ知っているかのように、伸び広がる草の間をするすると抜けて行く。おかげで私は、それを追いかけるだけで精一杯だ。

「ほら、早くはやく！」

女の子は笑ってくるっと向き直り、こちらを見る。蹴り上げたスカートの裾が、ぱっとひるがえった。

息が詰まりそうになるほど、ドキンッと胸が躍った。ただ、駆け出しただけのこと。手をつなぎ、一緒に走ること。それだけなら、弟の白露(しろ)ともしたことがあるのに。ところ

プロローグ

が、私の胸はドキドキと高鳴った。それは走って息が切れるときのドキドキ感ではなく、胸と腹とがきゅんと締め付けられるようで、もどかしさすら覚えるような、そんなドキドキ感だった。

　思えば女の子に手を引かれて一緒に走るなんて、生まれてこのかた経験がない。この様子を外から見ると嬉しいような恥ずかしいような、たまらない気分になる。顔が真っ赤に火照って、思わず少女の手を払いのけたくなる、そんな気持ちだ。

　手のひらの柔らかさや、草むらの中に匂う彼女の香りが一段と強まったような気がして私は手に汗を握った。

　女の子の太ももの、雪のような白さによるのだろうか。

　彼女と同じように、私もワンピースをたくしあげていることによるのか。

　草原はどこまでも青く、ふさふさと体をなでる。私よりもやや背丈の高い女の子は、私を尻目に、風を切って草原を駆け回る。彼女の笑い声に、私もまたとても嬉しくなって笑い声を上げた。ドキドキ感はいつしかふわふわした不思議な感覚と変わり、私は女の子の手の温もりにもっと触れていたい気分になる。

「……ねえ！」

　彼女は再び振り返り、一瞬だけ足を止めようとした。私が「どうしたの？」と尋ねる前に、腕が抜けるかと思うほどの強い力で私の右手を引っ張った。驚いてつんのめりそうになったその瞬間、顔の横を大人の男の手がするりと伸びて、女の子の赤いスカートをつかむ。

　草の海の間に女の子の体が消えた。

　またたく間に彼女から引き離されて、私は土の上に転倒した。草の上なので、目立つような怪我にはならなかったが、痛みと驚きがある。

　しかしその感情も、草原のあちら側で彼女を五、六人の男たちが取り囲んでいるのが見えた時、たちまちにして消え飛んだ。黄色い靴下を履いた彼女の足が、ジタバタとあがっている。

　幼年の私は、がむしゃらに飛び掛かった。

　女の子を押さえつけ、スカートを引きちぎろうとする男の腕につかまる。奮闘及ばず、振り払われて私は草地に転がった。間髪入れず、今度は「やめて！」と叫びつつ、まっしぐらに駆け寄った。

　男は怒気をおびた声を上げて私を突き飛ばした。私は頭に完全に血が上り、男が何と言ってるのかさえ分からない。したたかに尻餅をついた。心の中は、真っ赤に燃える炎のような怒りで煮えたぎっていた。心臓の鼓動は一層早まり、苦しさを覚えるほどだった。

　それでも、それでも女の子を助けたかった。

「あぁあぁあっ！」

　声の限り叫びつつ、飛び掛かる。涙があふれて、私はめちゃくちゃに腕を振り回した。

　すると、そのうちの一人の男が、いかにも面倒だというように私を後ろ手に組み敷き、地

プロローグ

面に押さえつけた。子どもを相手にしているとは思えないほどの力の強さで、私の胸は土に押され、うっ、と詰まる。

それでも顔を上げると、少女の双眸（そうぼう）が視界に飛び込んできた。真っ黒の瞳が私を見つめ返している。悲鳴も上がらなければ、声も言葉も何もない。一切の感情を宿さない真っ黒の瞳が、こちらを見つめ返している。

女の子の小さな体は男たちの大きな体の下敷にされ、少女が穿いていた赤いスカートが、びりびりに引き裂かれてそこら中に散乱している。私の顔には、いつしか殴られたあざができていて、噛み締めた唇から血が出ていた。

男たちに殴打されたことによるのだろう。私の顔面にはそこかしこに青あざができていて、きつく噛み締めた唇には血がにじんでいた。

やみくもに暴れたが、大人の男の力に勝てるはずもなく、女の子の白い肢体は私の目の前で緑の草の上に投げ出された。男たちの群れが、無抵抗の少女の体を肉の塊のように扱うのを、私はただ見ているより他なかった。

それが、どんな行為なのかを、当時の私は知らなかった。

鼻先に、草や地面以外の臭いが漂う。

幼年の私は、おいおいと泣いていた。

夢と思いたくなるような、凄惨な光景である。私の視界はとめどなく流れる涙でぐしゃぐしゃになり、もはや女の子の表情を識別することもかなわない。

　アパートから母が飛び出してきた。奇妙なことに、表の騒ぎに今ようやく気付いたらしい。

「涼？　どこ、どこにいるの！」

　母がそう呼ばわったけれど、私の姿は大きな草の陰に隠れて見えない。母の目にはむろん留まらず、立て続けに私の名を呼ぶ声がする。

「お母さん！」

　私が叫び返すと、母は彼方から鋭くこちらを見やった。すぐに駆け寄ってきて、男から私を奪い返す。母の腕へと抱き取られて、私はつかの間安心を得たが、すぐに向き直って男たちをにらみつけた。

　男たちは、女の子を連れてどこかへ行くところだった。

　草むらの間に、女の子の印象的な赤いスカートと美しい黒髪とが見えなくなっていく。

　私は母に「追いかけてほしい」と言いたかったが、母は母で、息子である私をかばいつつその場から離れるのに必死の様子である。いよいよ遠くなっていく少女の白い脚が、男たちの一人の腰を挟む恰好に広げられて、右左、まるでキーホルダーか何かのようにぷらぷらと揺られているのが見える。かろうじて爪先に引っかかっていた黄色の靴下が草原に振り落とされて、少女の姿は今や影も形もない。

　私は目を背けることをしないで、ただもう一心に、懇願したのである。

プロローグ

「お願い、やめて」

しかしその声は、まるで浴槽の中にいるように、反響して戻ってくるだけだ。大股で急ぐ母が軽く悲鳴を上げて、不自然に数歩右側へよろけた。土がむき出しの道の上に、ぺしゃんこに踏みつぶされたカエルの死骸が見える。

女の子の叫ぶ声は届かなくなり、男たちの声も聞こえてこなくなった。

でも、それでも、一人の少女が傷つけられたということ。それは本当にあったことなんだ。

「なんということでしょう」

母が言うのが聞こえたけれど、私にはそれが女の子のことを気にかけた言葉だとは思えなかった。息子である私だけを、心配しているのではないかと思えてならなかった。母は手持ちのハンカチで私の体をぬぐい、傷口を押さえて止血する。

母にしてみれば「運命の人」が誰のことだったかなど、すでにどうでもよくなっているらしい。私は母に伴われ、息せき切って家に帰り着いた。放心して玄関の床にくずおれた私のもとに、弟の白露が走り寄ってくる。それで、うんと困ったといった風の顔つきをしてみせる。

「おい、何があったんだ」

父がぶっきらぼうにそんなことを言うものだから、込み上げてくる感情で頭の中がごちゃごちゃに掻き回されそうになりながらも説明する。女の子が、大人の男たちから私が蒙(こうむ)ったのと変わらないむごたらしい仕打ちを受けたのだと訴えた。自分は彼女を救い出すことができず、むなしく母と一緒に帰ってきたと。

しかし、父は事件の一部始終を聞きながら、何か面白いことでもあったかのような顔で笑っている。父の笑う声が、私にはいかにも出し抜けのものと感じられた。だいいち、その表情のわけが皆目分からず、私は狼狽の形相で即座に感情をぶつけた。

「どうして⁉」

震える声で、私は訊いた。

「どうして笑うの？」

「いやぁ、そりゃお前、なあ」

どこがおかしいのだか、私には全くもって理解できない。黙っている私を尻目に父は居間に戻ってしまい、母も日常の家事を始める。気持ちを持て余したまま私は玄関の隅に座り込んだ。少女の顔が、共に服をたくしあげて一緒に駆けた草原のことが、男たちが彼女を暴行する光景が、頭の中をぐるぐる回る。私は今、自分が考えるべきは何なのかさえ分からないでいる。

「……お兄ちゃんは、間違ってないよ」

声に顔を上げると、白露が私を見つめていた。

「お兄ちゃんは、間違っていない」

絞り出すような声で、それでもはっきり伝えようとしている。そんな弟の体を抱きしめた。白露はその抱擁を受け入れて、いつ覚えたのか、私の頭を優しくなでてくれた。

あの子は、あの女の子は、今どうしているだろう。ふいに彼女の悲鳴が聞こえた気がした。草原で声を上げることさえしなかった少女の悲鳴は、彼女の足から外れて落ちたあの時の黄色の靴下のように、風の中に消えて聞こえなくなった。

「君はそれでも、よくやったのだ」

夢の中の幼年の自分に、私は語りかける。しかしながら、それはつまり「夢」でしかない。夢なのだ。私に届けられたもの。それはあの日の白露がくれた、ぬくもりだけではなかったか。

「なあ。どんな風に呼ばれようが、かまやしない。君は、……きみは！」

私の声はそこまでで途切れてしまった。まるで真っ暗な闇の中へと吸い込まれていくように、わらわらと意識がはがれ落ちてゆく。

第一章　靴

【一】

「……夢だ」

ぽつり、私は呟いた。ベッドの上。いつもと同じ一日の始まり。ダウンジャケットを羽織って、廊下に出る戸を押し開けたら、きい、と音がした。

「喉、渇いたな」

カーテンの隙間から、太陽の光が差し込む。ついカーテンを開けて外を見た。木の枠に縁取られた窓からは、ざわざわ揺れる雑木林、そして手入れの行き届かない伸び放題の松が見える。ありふれた一日の始まり。

階段を下りる。

ふすまで仕切られた部屋を抜け、キッチンにたどり着く。ステンレスの流しに一晩放置されたコップは、半分水で満たされている。

岡山市内へはバスで行けるが、住む人のあまり多くもない地区の、とある古民家。

第一章　靴

私はこの古民家にたった一人で暮らしている。一軒家であり、改修には費用がそれなりにかかった。実際、町の移住制度がなかったなら、住むことは叶わなかったろう。ちなみに、収入は決して多くない。

電気ケトルに水を注ぐ。ぱちり、とスイッチを入れた。いつも食事をするテーブルに、ふと、中身が詰まって膨らんだ一通の封筒が置いてあることに気付く。


――それは突然の手紙であった。


差出人の名は「夏春茜（なつはるあかね）」。私の実の妹である。もしかすると……この手紙がもとで、私は「あの四歳の日の夢」を見たのかもしれない。

彼女とはもう、七年以上は、会っていなかった。それが、突然に手紙を送ってきた。彼女が今さら連絡を取ろうとしたわけを知ることが怖くて、昨日の私は、居間のテーブルにその封筒を置いたままにしておいたのであった。

開ける勇気はなかったけれど、捨てる勇気はもっとなかった。

「……よし！」

意を決し、私が妹の寄越した封筒を開封した、まさにその時。

「ねーぇ。私の分のお茶がないけど？」

煤（すす）けたかまどの中から声がする。私はそちらを見ないようにしながら、「知らない」と返事しそうになる口をつぐんだ。

「無理しないで、涼。私、淋しくなっちゃう」

とん。とん。

床へ降り立った足は、恐ろしく白い。手指の爪は桜色をして、さやさやと揺れる白のワンピースには、かまどの煤が黒くこびりついている。けほっ、と短く息を吐いたのは少女だった。

年のころにして、十五くらいだろうか、くりっとした美しい青い瞳、腰まで伸ばしたつやのある長い黒髪が揺れている。身にまとった一見すると白色の、オフホワイトのワンピースには袖がなくて、ゆとりのある柔らかな布で織られている。

「……ラファ、今は後にして」

「呼んでくれたのね。涼」

彼女は嬉しそうに私の腕をつかむ。くるりと身をひるがえすと、白いふくらはぎをあらわにしつつ、大きく口を開けてこちらへ笑いかけた。

彼女の足元に影はない。隣で揺れているカーテンが、どうにも薄気味わるい。

「ねぇ。妹さんからの手紙、読まなくていいんじゃない？　今ごろになって急に手紙を送ってくるなんて、自分のことを何様だと思ってるのかしらね」

「ラファ、少し黙っててくれないかい？」

「……ごめんなさい」

目を伏せる少女から、私は手の中の手紙を見つめることで意識をそらす。

私が家族と遠く離れて暮らす理由は他でもない。


――統合失調症を患っているためだ。


統合失調症というのは、聞こえるはずのない音が聞こえたり、見えるはずのない物が見えたりする病である。幻聴や幻視といった症状を主徴とする精神の病である。

その病態は千差万別。一つとして同じものはない。私自身、他の人にうまく説明できたためしがない。この病についてあまり知らなかった時代、同じ病を持った人の話を聞いてもよく分からないと思うことが多く、統合失調症のことは全くぴんと来なかった。

一つ言えるのは、それが病だと自覚される以前、私の存在こそが家族にとっての「病」だったということである。

精神の病を発病すると、得てして人は他人のことを思うゆとりを失うものだ。

いろいろな事柄に対しての無知が原因になり、私のことを理解する知識も素養も、はたまた余裕も精力も、私の家族には長らく備わらないままであった。私もまた、自分自身の激しい心の揺れ動きをどうすることもできなかった。それゆえ私は、正式な診断が下ったのちも精神科の病院にたびたび入院するはめに陥った。

その時分からであったろうか。

第一章　靴

ラファ……つやのある美しい黒髪と、青の瞳を持つ少女が私のかたわらにやってくるようになった。その少女が何者なのか、それは今でも分からない。

入院していた病院の中で見えるようになり、それからというもの、ふとした時に現れる。

中学のころ、「この子は天使なのかもしれない」と思っていた。ラファは私に、いつも優しい言葉をかけてくれる。

しかし、長ずるにしたがい、私はこの少女のことに疑問を持つようになった。いったいラファは何者なのだろう。

私に優しい言葉をかけてくれるラファは、私が「優しい」と思う言葉を、いつだって私が言う前に、どうして知っているのだろう。

「あなたは賢くて勇気のある人よ。だけど、そうでないならさらに結構。ねえ。やっぱり手紙を読んでみることにしない？　ね？」

ラファは言う。私の手は自然と動き、私は妹からの封筒を開いた。

Ａ４サイズの便せんが六枚も入っている。それらの他に一枚の写真が同封されている。そろそろと取り出せば、そこには往時の両親と私が写っていた。

「これは……私が生まれたころの写真か？」

写真の私は五歳くらい。両脇にいる両親と同じ、真っ白な服を着ている。商店街が撮影の場所だったのだろう。たくさんの店が写り込んでいる。だが、それらの店の看板は日本

第一章　靴

語でなく、朝鮮のハングルで書かれている。

私は、この写真を見たことが一度もなかった。

手紙にこの写真を同封した妹の思いを知ろうとして、私は急いでその中身を読む。

一枚読み、二枚読み、手紙の三枚目に至って、私の手はわなわなと震えた。

「……父さんも母さんも、自分たちの過去を茜に何も話していなかったのか」

筆圧の定まらぬ書き振りで、何度も書き直した跡が残る手紙には「両親の過去について知りたい」との心情が、切々と綴られていた。妹の茜と私とは、共に過ごした時間がひどく短い。彼女が知っていることといえば、私が一人暮らしをしていて、統合失調症の治療を受けていることぐらいだろう。両親も、私のことをこの妹にほぼ全く知らせなかったのだと思われた。

それほどまでに、私の家族は私と距離を置いていようとしたのだから。

「……茜が結婚するからって、そんな」

手紙から推察するに、結婚する直前のタイミングで、両親は唐突に、私や私の生まれたころのことを妹へ話したようである。彼女は、統合失調症を患う私のことにもまして、父と母の出会いの経緯に不安を持ったのだという。

六枚目の便せんは、書き手である妹のあふれ出す涙を受けてか、皺でくしゃくしゃになっていた。そのくだりに、同封の写真のことが記されてあった。

「写真は、お父さんとお母さんが見せてくれたアルバムに保存されていたものです。

初めてこれを見た時は、『この白装束は、結婚した時や子どもが生まれた時の晴れ着なのだろうな』と思っていました。しかし、それから数日して、韓国のお祝いの時に着る衣装のことを知る機会がありました。写真の白装束とは違う服でした。似ていますが、何かが違っていました。両親がいない時を見計らって、こっそり、この写真を抜き出しました。見れば見るほど、なぜだか背筋が寒くなります。写っているのは、兄さんとお父さんとお母さんだというのに……。

そして、両親が、私に真実を話していない気がしてきたのです。白露兄さんに聞いてみようか、それとも涼兄さんに聞いてみようか、迷いました。そして、当時のことをよりはっきりと覚えているだろう涼兄さんに、こうして手紙を送らせていただきました。

どんなことを知ったとしても、お父さん、お母さんへの接し方を変えるつもりはありません。

私が知りたいのは、父母の出会いのきっかけ、韓国での暮らし、そして涼兄さんの今です。

涼兄さんが家族と距離を置いている理由を、私は今まで気にかけもせず、暮らしてきました。心にフィルターのようなものがあり、『統合失調症がもとで離れて暮らしているのだから、刺激してはいけない、何か聞いたりしてはいけない』。そう考えていたのです。しかしそれは、涼兄さんのことを心から思う態度ではありません。今では、それがどれほ

第一章　靴

どひどいことだったか反省しています。

私が結婚相手と同居するアパートの住所と、私の携帯電話の番号をお知らせします。手紙でも、電話でも構いません。少しでも良いので、お父さんお母さんのこと、お兄さんのこと、教えてください。三年以上返信がなければ、お兄さんにとっても話しにくいことなのだと思って、自分の心のうちにしまって生きていきます。

突然の手紙がこんな内容でごめんなさい。でもそれだけ知りたいことなのだと、理解してもらえたら幸いです」

手紙を読み終えて思わず頭を抱えた私の後ろで、電気ケトルのスイッチが切れる音がした。

（今日が休みで、本当によかった）

そんなことを思いながら、私は手紙をテーブルへ置き、電気ケトルの中で沸いた湯を保温用のポットに移し替えた。それからティースプーンで急須へ緑茶の茶葉を二匙入れ、湯を注いで蓋をする。

緑茶の香りがほのかに部屋に漂う。私は少しだけ落ち着きを取り戻すことができた。

恨めしそうにラファがこっちを見るから、悩んだ末、マグカップへと茶を注ぐ。ラファは途端に嬉しそうにする。茶は減ることもなく冷めてゆく。

茶を少し飲んで、薬も飲むことに決めた。朝と晩に規則正しく飲んでいる薬であって、気持ちを落ち着ける効能がある。

お茶で薬を飲んでから、私は再び考え込んだ。

（妹に何と言えばいいのか）

肉親には、父母の他、弟が一人妹が一人いる。家族構成だけで言えば、兄弟の数が多いことを考えないことにすれば、特に珍しくもない。

だが、合点がいかないのは、私の両親が見合いも恋愛もしていないことである。そのころ入信していた「新興宗教」の教祖からの勧めで二人は夫婦となった。その団体は文再先（ブンジェソン）という老人を教祖とし、信者には日本人も多く、奇怪な巨大コミュニティを作り上げていた。いや……宗教とは名ばかりの、カルト集団と言うべき存在であったろう。そうでもなければ、この、どこにでもいそうな平凡な老人にしか見えない教祖に、「この人はあなたの運命の人です」と言われただけで、年若い何組もの男女が結婚をするだろうか。それだけではない。教祖の託宣に従わず、言われた通りに結婚しなかった者が暴行をうけ、追放されるというようなことが起きるだろうか。

昭和五十九年の寒い冬の夜、私はそんな場所で生まれた。

そして、自分の意思とは関係なく、カルト教団の一員として育てられることになる。抵抗など、できるはずもなかった。私は生まれたばかりの幼子にすぎず、何も知ってはいなかったのだから。それに、本来であれば真相を教えてくれる立場であるはずの両親も、教団に洗脳されてしまっていた。

何も分からぬまま成長した私が、自分が暮らす場所の残酷さに直面したのは、四歳の時のことであった。

――「異端者め」

耳元で、囁く者がある。

（…………幻聴だ！）

分かっていても、私はそれを自分の意思で打ち消すことができない。あの日、私は子どもであった。四歳の子どもである。母の膝の上で、静かに話を聞いていた。同じような白服に身を包んだ隣人たちもまた、壇上に立つ丸い顔をした老人の話を聞いている。私の言葉は今や、あらかた私の意思に沿うものとなっていた。しかしその一方で、老人が語る言葉の持つ意味は、まるで判然としない。周りの様子が気になり始めた私は、出し抜けに壇上を見上げる。

にこやかな顔つきで、老人は何か話している。年端も行かぬ私に、老人の話は依然、分からないままである。私は、この老人をどう呼んだものか知ったばかりで、その呼び名を口にしてみたくてうずうずしていた。

手を振り、そして叫んでみる。

「おじいちゃーん」

私の方を見ていたはずの老人は、ぷいっとそっぽを向いた。それに呼応するように、聴衆がざわめき始める。

胸ぐらをつかまれ、母の膝から引き離されて、私は宙づりにされた。

「救世主のことを、今何と呼んだんだ？」

「この子どもは神を恐れないのか」

「どこの子どもだ？」

「異端者に違いない」

お母さん、と、呼ぶ間もなかった。大人たちの手で、脚で、腕で、殴られ、蹴られたのだからだ。血まみれになり、痛みはもはや痛みとして知覚されないほどである。

――「異端者だ」

聞こえくる声の意味はつかめなくても、こちらへ向けられる感情の鋭さが恐ろしかった。

――「異端者だ」

鼻からの出血に加え、口も、脚も、腕も、血だらけである。暴行を受けたところはみるみる痣（あざ）になり、怖くて、すぐそばで交わされる言葉を聞いている余裕などない。

気が付くと私は家の中にいた。微かな光が窓から差し込んでくるだけの、薄暗い部屋に私はいる。母が私の腕に、つんとした消毒液の臭いのする包帯を巻いてくれている。物音はせず、私の体は光の中に包まれているようだ。私はどうして良いか分からずにいて、母もまた沈黙を保ったままだった。

母が泣いてるような気がして、私はおもむろに体を起こした。母の頬に涙はなかったけれど、その瞳は静かな光をたたえていた。

第一章　靴

「涼は、間違っていないよ」

「お母さん。何が、間違っていないの？」

「私たちは皆、地獄に落ちるのよ」

「どうして？」

　私はとても驚いた。母の手にすがりつき、問いかける。

「どうしたらいいの？　どうすれば皆、地獄に行かなくて済むの？」

「そうねぇ、でも、涼が私たちを助けてくれるなら、皆救われるかもしれないね」

　私は力強く頷いた。方法はまだ分からないが、私が皆を助けることはきっとできる。

「分かった。お母さん、僕が皆を助けてみせるよ」

　私はとんっと軽く胸をたたく。母は泣くような笑うような、私が見たことのない表情を浮かべていた。その母の顔が、みるみる歪んで消えていく。視界にはだんだんはっきりと、私が暮らす家の濃い茶色の床が浮かび上がってくる。幻聴はすでに止んでいた。記憶を思い出すことを休止し、私はただもう、ひたすらに事実だけを追想していく。

　あの日。私がおじいちゃんと呼びかけたのを聞いて、信者から救世主と称される老人は立腹した。おそらく「おじいちゃん」という響きは、彼には侮辱だったのだろう。

　あの日。かたわらでそれを見ていた信者たちは、私がこの救世主をただの老人と扱ったことに激怒した。だからこそ私は殴られ、そのことは、それがどんなに不合理かつ理不尽なことであっても、起きた事実は一向に変わるところがない。

私は殴打され、足蹴にされ、ひどい傷を負うはめになった。私を手当てしながら、母は、自分たちは地獄に落ちると言うのである。しかし一方で、母は救いの可能性を話してくれもした。

今思えば、もしかしたら母は、私を助けることさえ満足にできない自分自身に、絶望していたのかもしれない。彼女は私と違って、自らの意志で教団へ所属していた人である。救世主に楯突くような振舞は、かたく自制して生きてきた。

しかし、信者たちが息子である私に暴行を働くのを見て、また別の感情を持ったからこそ、泣きも笑いもしなかったのだとしたら……。

「いや、やめておこう」

私は母ではないから、あの時の母の気持ちを正確に推し量ることは土台無理である。

蒸らし過ぎの茶を湯呑みに注ぎ、一口だけ飲む。淡い渋みが感じられる。

韓国で起きたことの顛末を妹に説明するというのは、私には至極難しいことであるように思われた。

あの場所に蝟集（いしゅう）していた大人たちは、一人の例外もなく、文再先という老人を救世主だと信じて疑わない人間である。教団に生を享けた子らもまた、文再先については親たちと同様の認識でいるよう育て上げられる。そんな環境である。

栄養を摂るため、ということで、サプリメントのような錠剤を渡された記憶もある。ひょっとするとあの錠剤には、疑いを抱く健全な精神の動きを抑制する効能があったのかもしれない、といった荒唐無稽の疑念すら、起きてくる。

　成分すら分からない気味悪い薬を、父も母も、当たり前のように私に飲ませようとした。

　怖かったから、私はこれを、飲むふりをして捨てていたのだが、押さえつけられて無理やり飲まされるということも周囲には多く見られた。

　それくらい、私の周りの大人たちは文再先を信じきっていた。

　私がこうして記憶をたどっても、言葉に簡単にはできないことばかりが起きている。

　今もきっと動揺している妹に、どのように話して聞かせてやればいいだろう。妹が知りたいと望む父母の出会いのきっかけでさえ、伝える言葉が満足に見つからない。

「……救世主を騙(かた)る老人か。そこだけ聞けば、まるで漫画の悪役だな」

　真実であっても、平穏無事な日本では嘘のように聞こえてしまう。しかし、それこそが私の両親の結婚の理由であるに他ならない。

「……せめて、手紙が届いたことだけは連絡しておこうか」

　迷いつつも私はそう呟いた。だが、すぐに今日は平日であったと思い直す。妹が仕事の最中なら、今すぐに着信を入れることは正義でないと思われてくる。連絡したくないのでは決してないけれど、迷惑を掛けることは避けたかった。

　するとその時である。

「オーイ。いるかい？」

玄関に、耳なじみのある声が聞こえる。

「はーい、今行きます」

私は急ぎ玄関へ向かう。がらがらと音を立ててすりガラスの引戸を開けると、青色の箱が目の前にずいっと突き出された。近隣の農家にお願いしている野菜配達用の箱である。野菜の配達を請け負う組合の会員として、野菜を定期的に購入しているのである。

箱を持参したのは配達員ではない。

「おまちどおさん！　お届け物です。ナンチャッテ」

声の主は、顔一面に大きく笑みを浮かべた親友の三宅永一（みやけえいいち）だった。ここ数年の間世話になりっぱなしで、彼のほうが年上なのだが、私が「永ちゃん」と呼んでも腹を立てない、鷹揚な性格をした男だ。

「永ちゃん！　どうしたんだ、農場の箱なんか持って」

「すぐそこで配達員さんに会ってさ。お前んとこに行くって言うから、ついでに預かっといたんだ」

靴音を立てて玄関の戸をくぐろうとする彼のために、私はスリッパを用意した。

古い家屋であるためか、いずこよりか吹き寄せる隙間風の運んでくる塵が、埃となって積もるらしい。今朝はまだ、掃き掃除を済ませてなかったために、来客である彼の足を汚させまいとする気遣いがこちらの気持ちに兆すようで愉快だ。

「ありがとう」

「おう！」

スリッパを履いた永ちゃんを案内するにあたり、私はわざとらしさが出ないように自然な動作を意識し、テーブルから手紙を取り上げた。そのまま部屋の戸棚にしまう。永ちゃんはコートを脱いでいるところだ。

手紙を永ちゃんが見たとしても、私は腹が立たないと思う。それくらい信頼してる親友なのだし。

「ラファは元気か？」

「まぁね。つい先ほども、何ごともなく茶をすすってたってくらいなものさ」

彼女へ出したお茶は、少しも減らぬまま、マグカップに残っているのではあるが。私はさり気なく、マグカップをキッチンに移した。

「そうか。ところでこれは、俺からの差入れだ」

永ちゃんはそう言ってから、背に背負ったリュックの中からプラスチックのタッパーを取り出した。タッパーには唐揚げが入っていて、ほかほかの状態である。彼の家の近所に唐揚げ屋があって、そこで買って持ってきてくれたようだ。

「……いつも、ありがとうな」

呟くようにぽつり、私が言えば、永ちゃんは顔をほころばせて、にかっと笑ってみせる。

「いいさ、いいさ。どうせ死んだら使えない金だ。今死ぬかもしれない、明日死ぬかもしれない。なら、使っちまって、美味しいものに消えた方がよっぽどいい」

キッチンの籠や野菜の棚へ持参した野菜を手際よく収納してゆく永ちゃんに、私は頷き返す。

「じゃあ、私が食事を作るよ」

「いいなあ。何にしてくれる？」

「そうだなあ。今日は農場から、蓮根、それにブロッコリーも届いた。よし、唐揚げと炒めて甘酢和えといこう。中華風に仕上げるよ」

美味しそうだと、楽しげに永ちゃんが言う。少なくとも、彼といる間は手紙のことを忘れていられそうだ。そんなことを思いながら、ブロッコリーをビニール袋から取り出す。

キッチンのコンロのうえで油と蓮根が弾ける。

ジューッと音がする。永ちゃんは、手際よくブロッコリーを洗ってから一口大に刻んでゆく。そうするうち、思い出すかのような調子で永ちゃんは言った。

「そう言えば、あのヘビースモーカーもこの唐揚げ、好きだったよな」

「うん。そうだね。好きだった」

頷く私の耳元で、ヘビースモーカーこと、菅野直彦（すがのなおひこ）さんのガハハッという笑い声が響いた気がした。

彼は永ちゃんと同じく、ずっと私のそばにいてくれた親友であって、何より私に、たゆみなく生活を継続していく勇気をつけてくれた人物である。

そしてまた、私がその生涯の最期を看取った人でもあった。

「今でも、ちょっとした時にあいつの詩を思い出すのさ。不思議だな、耳なじみのする昔の唱歌みたいだ」

ブロッコリーを塩茹でにしながら永ちゃんが言う。

「すずらんの花が庭に、咲いたんだ。ちっぽけな白い花。まるで君のように。しおらしく下をむいて咲いている」

私は彼が何の詩を言ってるのかにすぐ気付き、その詩を承けて続けた。

「すずらん。すずらん。耳を近づければ、君の優しい声が、鳴り響いてくるような、そんな気がした」

私が彼のことを「菅野さん」と呼べるようになったのは、いつのことだったろう。「実は詩を書くのさ」と彼が打ち明けてくれた。その時から、だったかもしれない。彼は、私と同じように統合失調症に苦しみ、生きていた。幻覚だけでなく、誰かに自分の考えが読み取られているような、そんな感覚にとらわれる症状を持っていた。合理的にはそうでないと言われたところで、彼にとっては紛れもない現実だということがしばしばあった。

「ブロッコリー入れるぜ、油を足してくれないか」

「ああ」

私は永ちゃんの声に、フライパンへと油を注ぐ。手入れしやすい反面、焦げ付きが生じやすいステンレス製のフライパンの場合、油は後から足すほうが良い。そう教えてくれたのも永ちゃんだ。

十四歳で統合失調症を発症してこのかた、私は、親から料理を教わったり、学校で習う家庭科の授業を実地に移してみたりする機会を得られずにいた。それから何年も経って出会ったのが菅野さんであり、永ちゃんであり、そして主治医の山本昌知（やまもとまさとも）先生であり、今、時と場を共にしている人たちだ。

彼らに助けられ、私はやっと一人暮らしに必要なスキルを覚えることができた。今から振り返ってみれば笑い話なのだが、初めのころは洗濯機の使い方も分からず、そのため、洗濯機はこの家に引っ越す前から新品同然の状態で置かれているだけの物だった。説明書を読み始めるやいなや、「あれ、これはどうだったっけ？」と、疑問解決のための調べ物ばかりが進むというありさまである。さらには、誤操作を恐れるあまり、菅野さんが笑いながら教えてくれる時まで、衣類の洗濯はすべて手洗いでこなしていたくらいだ。

彼が教えてくれた洗濯機の使い方は、私の自宅の洗濯機のすぐそばに、メモとして今も残っている。

そんなわけで、一人暮らしも難しかった私が、移住制度を利用して一軒家に暮らせているのも、本当に、助けてくれた人たちのおかげであった。

「そう言えば、山本先生から、手紙は来たかい？」

「ああ、うん。手紙と言えばこの前、彼から寒中見舞が来たよ」

「そうだったね。あれを見て、俺は何となく菅野を思い出してさ」

山本先生は、何人もの患者と手紙のやり取りをしている。携帯電話番号を患者に知らせていて、電話すればいつでも話を聞いてくれる。本当に苦しいときに救いの手を差し伸べてくれる。そんな医者なのだ。そんな山本先生は、年始の挨拶や寒中見舞をも送ってくる人だった。

私は、棚に置かれた小さな箱を見遣った。その中には葉書や便せんが詰め込まれている。

この家は、近くに郵便局がある。小さな郵便局で、午後五時にはもう店じまいだ。私はごくごくまれに、その郵便局で、葉書や便せんを購（あがな）っていた。山本先生が年賀状や見舞の挨拶状をくださるので、それへ返信するためである。

「今の時代、手書きの文字ってなかなか見ないだろう？　菅野の詩集も手書きだったけれど」

「そう言えば……」

思わず私は、菅野さんの詩や手紙を収めている、とある本棚を見た。束の間、難しい数学の問題の解法をひらめいた時のような感動が、それはもう鮮烈に、胸いっぱいに広がっていく。

そうだ。妹への返事なら、無理に電話でする必要なんかない。無視する必要はさらにない。時間は掛かっても、手紙で返事すればいいじゃないか。

「そうか、その手があった」

「何が？」

「ああっ、えーと。き、昨日から、本棚の整理をしていたんだ。どう整理したら本が取り出しやすいか、思いついたんだよ」

私は、きつね色に揚がった蓮根を引っくり返しながらそう答えた。永ちゃんは微笑みながら、私のほうを見ている。

（いつもみたいに、何か考えごとをしてたのだな……）と思わせたかもしれない。

私は少しだけ気恥ずかしくなって、火の通った野菜を一度皿へ上げ、フライパンに調味料を加える。もらった唐揚げに甘酢あんを混ぜ合わせ、味が衣に付いたところでフライパンに再度野菜を戻す。

そうしておいて、先ほど思い付いた「手紙にする」ということを、いつもポケットに入れているメモ帳へ書き付ける。折々のメモが書き込まれた百均のメモ帳は、かさが膨れ上がってパンパンになっている。

「うーん、いい香り」

鼻をひくひくさせながら、永ちゃんは食器棚から二人分の箸と皿を用意する。私は冷凍ご飯を二人前、電子レンジに入れた。解凍されて熱々になるタイミングで甘酢和えを皿に盛る。

ご飯は椀に盛り付ける。

「よし、それでは美味しく召し上がれ」

「それじゃ遠慮なく」

「もとはと言えば、永ちゃんが唐揚げを持って来てくれたところからだったね」

「あはは、そうだな」

永ちゃんと私は、出来上がった甘酢和えを囲んで食事しながら最近起きたいろいろなことを語り合った。永ちゃんは、何かボランティアらしいことをしたとかで、大きな公園の清掃活動へ参加した話をする。ボランティアの経験は私にもあるが、見ず知らずの人が多数集まる場で元気に働くことができるのは素晴らしいことだと思う。私はと言えば、ラファとの暮らしのこと、農家直送の野菜でスープを作ったことを話した。

食事の後に茶を淹れるころには、甘酸っぱい野菜と唐揚げの旨味、そして親友とたくさん話した楽しさから、私は満ち足りた気分になっていた。

話が一段落したところで、永ちゃんはそろそろ帰りたいと言い出した。確かに、彼がやって来てからすでに二時間は経っている。玄関まで送り、互いに手を振り合って別れる。

「じゃあまた。気を付けて」

「おう。料理、美味しかったぜ。またな」

そう言い残して永ちゃんは帰って行った。永ちゃんの背中が見えなくなるまで見送ってから、玄関の戸を閉めた。

「今日こそは、手紙を書かなくちゃな」

妹への手紙のことで頭がいっぱいになっていた私は、そそくさと部屋へ戻った。

それから、今も山本先生とのやり取りに使っている筆記用具と便せんを取り出した。テーブルの上に便せんを並べ、それへ妹の名を書き付ける。じつに、久しぶりに書く妹の名である。

書き出しの言葉は迷ったが、手紙文の切出しのマナーに則り、「拝啓」で始めることにした。濃い４Ｂの鉛筆が、書こうとする文字を、便せんの紙面へと滑らかに形作る。

「……うーん」

鉛筆を持つ手を止めて一思案である。

父母の出会いのきっかけのことはさておき、私の今を伝えるのに、どうしても言っておかなくてはならない出来事がある。伝えることが叶うなら、書きたいと思っていることはいくつもあった。

「赤裸裸に全部を書くのは難しいだろうな」

多少なりとも、私が生まれ育った韓国でのことを書かなければ、自分たちの出会いのきっかけを父母が隠そうとした理由は知ることができないと思われた。

ぼさぼさに伸びた髪が一筋、瞼に落ちかかってくる。つかの間、眼鏡の上に半分ばかり引っ掛かった髪の向こうに、白い雲のぽつんと浮かぶ空とだだっ広い緑の草原とが重なって見えたように思えた。椅子の背もたれに体を預け、ふぅと一つため息をつく。

書きたいけれど書くことができない。できない気持ちの塊が音や匂いを引き連れて、こちらへ近づいてくるような気配さえするようだ。通常なら気にかけもせず、やり過ごしてしまえる些事だが、私には今「妹に伝える」という明確な目的がある。

鉛筆が手を離れ、かたんと音を立てて床に落ちる。ハッと我に返り、目を見開いた。

「しまった！」

私のメモ帳は、繰り返しの言葉で真っ黒に埋め尽くされている。

何かできたんじゃないか。ごめんなさい。

何もできなかったじゃないか。ごめんなさい。


そんな言葉を延々と書き連ねた。しまいには鉛筆の芯が折れてしまって、無我夢中で、それでも何かを記そうとして紙をこそげた跡だけが虚しく残るのみである。

少女のことを追想するうち、こんなことを書いたのだと思えば合点がいく。妹へ送ることのできる文面では、到底ないように思われる。

「……茜」

そっと妹の名を呟いてみる。久しく呟くこともなかった妹の名を。

妹が生まれてからずっと、彼女のことを大切に思ってきたけれど、私は深い罪の意識に苛まれていた。救えなかったあの時の女の子の姿が、心の深層で妹と重なり合うためだろうか。私の意識はその心的事実を認めようとしない。怖かったのだ。

茜はあの日の少女でないというのに、同一人物であるかのように思ってしまう自己の錯覚が、私には空恐ろしいものと感じられた。茜を救うこと。茜を愛すること。それらに類した尽力をもって、何もしてあげられなかったあの女の子に報いることなぞ、とてもじゃないができないことである。でも本当は、そんな風に穿って考えたりせず、茜は茜として、妹として大切にすればそれでよかった。

私の意識は茜を少女と同一視することに固執していた。草原のただ中で人形のように揺られる彼女の脚を思ううち、私はやがて一つの答えを考え付いた。

私は妹を人格ある個人として見ることをしなかったのである。

茜はあの日救えなかった女の子とはまるで別の人間である。そう考えることがどうしてもできなかった私は、妹を人でない「人形のような存在」と思いなおすことで、妹のことをどうにかして受け止めようとしていた。

今では、それがどんなに愚劣なことであったか、よく分かっている。

「……茜」

体が次第に重くなってゆくような気分である。

胸のうちに秘めた感情がぱつんと弾けた。メモ帳がぱらぱらとめくられて、いつの日にか書き付けた自作の詩を、私は見ていた。

鳴くことのできぬ空蝉（うつせみ）みたい
そんな風に　今日は心が曇っている

第一章　靴

沈黙の中　君は生まれ変わったのかな
その空洞に　雨水が溜まってゆく
地に落ちて　誰かの足の下でバラバラに壊れた
僕は怠け者だから
怠け者らしく夢を見る
朝焼けは僕にはまぶしすぎて　月明りは　僕には美しすぎる
僕もまた　沈黙の中　生まれ変わる
ありとあらゆる疲れを呑みこみつつも
確実にそこにある　ひそかな空隙（くうげき）

まるで、今のこの私のようだ。詩を読み返し、そんなことを考えた。

大きな穴が、心の中に空いている。

障害と向き合い、こうして独りで暮らす家を手に入れ、ついには遊びに来てくれる友人を得るまでになってなお、私の心の内面には、底知れぬ深さの穴がある。

机の縁には晩に飲むように決められた薬が置いてあるのだが、今となっては飲む気にすらならない。

心の穴へと吸い込まれるように、私の意識は暗く、澱（よど）んでいくのであった。

【二】

私は頭が朦朧としたまま、真夜中の三時に目覚めた。どうやら、妹へ送る手紙を書きながら、そのまま眠っていたらしい。昨日分の薬を飲んでいないことを思い出し、慌てて薬を取り出した。冷たい水道の水でごくりと飲み込み、一つ息をついた。

昨日の疲労が残る体を深々とベッドに沈める。疲れがどうあれ、目を覚ましたら行かないといけない所がある。備付けの目覚し時計をセットし、私は再び眠りについた。

午後二時。かすかに目覚しの鳴る音がする。ゆるりと体を起こし、紺のジーンズを穿く。明るい灰色をしたダウンジャケットを着る。

かすかに軋む階段で一階に下りると、白くて薄いカーテンレースにもたれながら、ラファが段ボールの箱を食い入るように見つめている。

「ラファ、何してるんだよ。……あっ！」

「ふふっ、美味しいよ。涼も食べなよ。ほら」

ラファが食べているのは、永ちゃんが届けてくれた野菜の中に交じったりんごである。赤い果肉に白い歯を立て、かぶりつく。くちゃくちゃと音をさせながら旨そうに食う。

食事のマナーがなっていないと言ってやりたくなる気持ちと、せっかくの頂き物をこんなに下品に食すのかと残念な気持ちとが、同時に湧き起こる。

「いらないや。ラファ、一人で食べな」

「ふうん」

舌で小さな唇をなめた彼女は窓の外にりんごを放る。呆れ返って見ていたら、庭の茂みから小鳥が飛び立った。小鳥はしばしの間、植木の梢に止まってさえずっていたが、地に転がった果物に食欲をそそられてすぐに下りてきた。

「見て。皆、喜んでいるように見えるよ」

楽しげな調子で語りかけるラファを無視して、私は家の玄関を後にした。

私はあることに気付いて、急いで携帯を取り出す。

呼出し音を鳴らすと
「はい、こらーる岡山です」

と、受付の女性の声が応じた。

「あ、もしもし。はい、そうです。夏春です。山本先生に伝言をお願いしたいのと、ええ、はい。疲れ果てて、ちょっとばかり寝過ごしてしまいました。予約しておいた時間には間に合いませんが、よろしくお願いします」

と伝えてから、電話を切った。

家から徒歩で十五分の所にある診療所、こらーる岡山診療所。私はそこの所長、山本昌知先生に診てもらうのだ。

十四歳で統合失調症と診断されてから二十歳になるまでの間、診察を継続的に受けられない時期が何度もあった。ある時には、私は警察が来るほどの問題を起こしてしまった。さまざまなことの積み重ねが引き金になり、両親へ暴力を振るおうとしたのである。その折に、私の治療を担当した病院の医師が、家族と離れて別々に生活していく方法を考えようと提案してくれた。国の制度を利用して金銭を得つつ、静かに暮らせる場所を定めて、家族と距離を置きながら病気の治療に専心する。

その医師が知り合いのつてをたどって見付けてくれたのが、くだんの古い一軒家だった。移住制度も利用でき、それに何より破格の安値で売られていた。ぎりぎりの生活の中で貯めた金をはたいて一軒家を購入し、私はここに住むことに決めた。

しかしそうなれば、これまで親身になって世話をしてくれていた医師とはあまり会えなくなる。

そこで紹介されたのが、山本先生の運営する、こらーる岡山診療所だったのである。先生の所へ通うようになって永ちゃんや菅野さんと出会い、私は心の落ち着きを取り戻していった。これまで生きてきた中で初めて、人生が前向きに進んでいる。いろいろなことが少しずつ良いほうへ変わりだしていると感じられるようになったのが、今だった。

それだけに、突如舞い込んだ妹の手紙には驚いた。はからずも、消し去りたかった過去とこんな形で向き合うことになるなんて。家族とのつながりは、まだ生きていると思った。

名状しがたい、この時の感覚。家族に対する思い入れに、私はいまだ、決着をつけられていない。


思わず立ち止まると、背後から一陣の冷たい風が吹き抜けていった。人気のない通りの向こうに、歳月を感じさせるコンクリート壁が見える。その壁の一隅に、白い下地に緑の文字で「こらーる岡山診療所」と記した看板が掛かっている。

その看板に引き寄せられるようにして、私は再び歩き出した。

正面の門を入ると、先生とその奥さんが大切に手入れしてきた樹木の緑が目に眩しい。その昔、先生の知人がここで暮らしていたとか、先生たちの住まいなのだとか、その人徳から、篤志による格安の賃料で借りられているのだとか、通所する患者たちの間でいろいろと噂話が交わされるような、しっかりした造りの家屋だ。

すりガラスのはまった入口の引戸や、玄関の上方に取り付けてある明かり取りの欄間は、渋みのあるあめ色に変色している。程よい幅をしたゆとりある間口には、結婚式や法事も家で行なっていた時代を感じさせる。

誰かやってきた患者さんが騒いでいるのか、大きな笑い声が聞こえてきた。

ふと見れば、ここで何度か会っているはっさんが、玄関前に置かれた木製のベンチに腰掛けてボンヤリ空を眺めている。

「こんにちは、はっさん」

声を掛けたが返事はしない。疲れ切った表情の彼をそのままにして、そっと玄関の方へ歩みを進めた。

よくあることだ。ここへ来る人は、誰も彼も自分のことだけで手一杯である。

古民家の入口を改造した玄関に、たくさんの靴が並んでいる。かたわらに、心療内科や精神科での治療行為、それらに関連した療養の案内が置かれた棚がある。笑い声を上げていたらしい人が今は嘘のように黙って、生真面目な顔で書を読みふけっている。

古民家の母屋をそのまま活用しているため、炊事場にも直通だ。そちらでは、茶の入った湯呑みを手にした人たちが、三三五五、椅子に腰掛けて、菓子を食べながら語らっている。

どの人も、待合で診察の順番を待っている患者というより、旧い友人の家に遊びに来ているような打ち解けた様子で過ごしている。

奥側の椅子に座っていた一人が、私に気付いたのか、手を振って話し掛けてくる。

靴を脱いで端に寄せ、受付に立つ。障害者手帳や健康保険証、お薬手帳等々、必要な物を詰め込んだケースを取り出す。

「こんにちは、佐々木さん」

受付の女性は、ぱっと顔を上げてこちらを見る。いつでも穏やかな表情で接してくれる佐々木さんだ。

「あ、夏春さん。よかった。今日中ってことでは間に合っていますよ」

「すみません、昨日、変な時間に寝てしまって」

「いいんです。先生も分かっておられるでしょうから」

「ありがとうございます」

礼を言ってから待合の椅子へ腰掛けようとすると、佐々木さんが何やら手招きをする。

「待って、今ちょうど、前の順番の人が診察を終えたところです。すぐに診察室に入れます」

「分かりました」

軽く頷いて、私は離れの診察室に歩いて行く。

母屋とは別棟の診察室は、以前ここを使っていた人が、がらくたを収めて置いておいた物置と兼用されているせいで、遠くから見ると診察室には思えない。でも患者や私にとって、ここはとても大切な場所である。

事務員の手で整頓された書類が並ぶ分厚い机。離れと受付とつなぐ電話のかたわらに、受話器の子機が置かれている。

「こんにちは、先生。今日は遅くなってしまい、すみませんでした」

診察室に入ってすぐ頭を下げると、椅子に腰掛けていた山本先生が立ち上がる。こちらへ歩み寄って来て、私の手を握ってくれた。

黒縁の眼鏡を掛けたグレーヘアの先生は、どこにでもいそうな、心根の優しい医者という印象だ。どんな人の話も遮らずに最後まで聞く度量を持っている。

「いいんですよ。ちゃんと電話で伝えてくれましたね。悩み事があって、眠ってしまったのだと」

先生に勧められて、私は椅子に座った。どっしりして重厚で、座り心地のすこぶる良い立派な椅子である。一方、先生はと言えば、どこにでもある、簡素な造りのワーキングチェアに腰掛けている。

「……はい。そうなんです」

思わずため息をつく。こらーる岡山診療所の敷地はとても閑静で、ほっと息を継げる安心の空間だ。

「……近ごろ、以前よりもラファが私の前に現れることが増えました。私には、そのことがどうにも煩わしくて……それから、ええっと。訳あって、私が両親と一緒に暮らしていたころのことを、文章に書かなくてはならなくなって。それで、悩みが募ってしまい。書いても書いても、近付かない気がしてならないんです」

（本当に起きたこと、私の記憶に刻まれていることに。……どうしても、自信が持てなくて）

取留めもなく話し続ける私の言葉を、先生はじっと聞いていた。

しばらくして話が止んだ時、先生はゆっくり頷いて、何か私に言おうとする。しかし、言葉をすぐには出さないでいる。

先生は発言をためらっているように見えた。

体の動作をぴたりと止めているために、カルテや書類にペンを走らす音もしなければ、椅子が軋むこともない。そのまま、十秒ほどが経過した。視線を落として黙考していた先生が、私を見つめる。

「わしの思い付き、なんだけれども一つ言っていいかい。東岡山キリスト教会へ行ってみるというのはどうかな？」

「えっ……？」

思いがけない言葉だった。

私の過去を、先生は知っている。私がどのように生を享けたかご存知である。なのに、なぜ。

「どうしてまた、教会なんでしょう？」

「うん。まず、ご両親と暮らしていた時のことを、文章に書き起こさなくてはならないと話したね。つい最近、うちに来ている人から、通ってる教会の話を聞いたのだけど、聖書を学んだ後、自分の学びを皆の前で発表したり、他の人が話すのを聞いたりする集まりがあるそうなんだ。初心者も大歓迎。誰であっても構わないという場だ。これって、誰かに何かを伝える勉強になると思わないかね？」

そう言われてみれば、確かに役に立つと思われてくる。ただ。

汗で背中がじっとりと湿っていくのを感じる。

キリスト教。何か一つのことを信じる場。宗教。

私にとって、どれ一つとっても、避けたい存在だ。

先生は私の過去を、ある程度は知っている。なのに、どうしてそんな案を持ち出したのだか、さっぱり理解できない。

「でも、その、先生。なぜまた?」

「わしもね、キリスト教のことを、このところ少し勉強していてね。その教会にも足を運んでみたんだ。皆でお茶を飲んでね、クッキーを食べて悩みを話し合って、その日はそれでおしまいだった」

私は目をぱちくりさせながら先生の顔を見る。てっきり皆で静かに像に向かいながら面を伏せ、じっと聖書を読むのだろうとか、思っていたものだから、先生の話がとても意外だったのだ。

「……ここと、似ているでしょうか」

「うん。あの教会なら夏春君もそれほどつらくなく、他の人と話し合う機会が持てるんじゃないかと思う。それに、宗教というものは、自分で思っているほど遠い所にあるのでもないよ。何かを信ずるということ。それは、私たちのごく身近に生きていることだから」

「……そう、でしょうか」

「無理に勧めることはしないけど、解決の方法になるかもしれない。ほら、これがその教会の住所を記したパンフレットだよ。トラクト、というのだそうだ」

折り畳まれたトラクトを差し出されて、私はそれをおずおずと受け取った。

「……あ、この住所」

「知っているかな？」

「はい。私の自宅から、徒歩で二十分ほどの所です。そんな近くにあったんですね」

「うん。近いというのもメリットだと思う。もちろん、いつでもここに来て構わないけど、ラファと離れていたいのなら、いつもと違った人たちがいる場に行ってみるのは良い方法だと思うなあ」

それは、常々感じていたことだった。

私以外の誰かがいる場に行けば、ラファは自然といなくなってしまうことが多かったから。

一方、過去の私は、逆にラファの存在に依存していたから、一人きりでいられる自室へ籠もることを選んだものだった。

改めて思い出し、そして大きく一つ、頷いた。

「確かに、永ちゃんがやってくるとラファは姿をくらませてしまうんです」

「ここへ来る時は？」

「はい。家へ置いて来ました」

「ははは。それではラファさんは不平を鳴らしたでしょう」

「ええ。でも、あまりうるさいと、私も疲れてしまいます」

「そうだね。もしラファさんのことを優先しようとするのなら、ここに来る他にも、ここと変わりない姿勢で人びとを歓待している教会へ行ってみるのは、いいかもしれない」

しかし、本当に教会は先生の言う通りの場だろうか。今一つ信じられないような心持ちで頷いた。

「……考えてみます」

教会のトラクトを手に、診察室を後にする。

母屋では、女性が一人、茶菓子を食べながら椅子へ腰掛けている。

診察代の支払いまでの時間、私は座席に腰を下ろし、持っていたトラクトをテーブルの上へぽんと置いた。

「あら、あなたそれ」

女性から急に声を掛けられて、私はどきまぎしながら振り向いた。

「え？　な、何でしょう」

とっさに出た自分の言葉に戸惑いながらも、トラクトを差し出した。

「あら。そのトラクト。やっぱり。私が通っている教会のものだわ。先生にいただいたの？」

こくりと頷いて肯定したら、女性は柔らかな笑みを浮かべてみせた。

第一章　靴

「もしよかったら、遊びに来てください。中尾牧師もきっと喜ぶわ」

「遊びに、行くのですか？」

教会へ行くのって、そんなものなのだろうか。

釈然としない表情が顔に出たのだろう。その女性は、説き聞かせるように言った。

「そうよ。仏さまや神さまを信じてなくても、お寺や神社に行くときってあるでしょう。それと同じことだと思って、遊びに来てくださいな」

「でも、それはお寺や神社だからなのじゃ……」

「じゃあ、キリスト教の教会だけが違っていると思うのはなぜ？」

私は、言葉に詰まった。

キリスト教の教会だけが違うと思ったのは、記憶にかすかにこびり付いているカルト教団の信条が、かの老教祖にキリストの地位を僭称させる内容を持っていたからだった。キリストの地位の僭称。すなわちメシア宣言をしたニセキリストである。

私がカルト教団の信条を認識している場へ足を延ばすことに強い抵抗感をいだくのは、思い出すだけでむかついてくる過去の出来事の回想を抜きに、そういう所へ行くことができないからである。

でもそれは、妹への手紙を書くうえでも、同じことではないだろうか。

「いえ。違わないかもしれない、です。ごめんなさい、うまく言葉にならなくて。私の中で、少しの違和感があるのです」

女性はにっこり笑って首を横に振る。そして言うのである。

「大丈夫です。初めはお一人でいらして、次からご家族でいらっしゃる方も少なくないんです。それくらい安心できる所なのですよ」

呟くように私は答えた。

「一度、考えてみます」

女性の言葉と表情の意味を分かりかね、診察代の会計が終わって帰路に就くまで、私はずっとうつむいていた。

＝＝＝

古い民家の建付けは、けっして良いものではない。がたがたと音をさせながら玄関の戸を引き、家の中に入る。急に、ひどい空腹を覚えた。

「あ、そうか……」

起き抜けに急いで家を出たので、昨日の昼に永ちゃんと食事してからというもの、何も食べていない。

水を入れた小鍋を火にかけ、残っていた野菜を一口大に刻んで煮る。野菜スープを作るのだ。古いかまどを使うこともまれにあるが、今の腹具合である。薪を一からくべるのは待てそうにもない。

コンソメキューブを投入し、冷蔵庫にあった茸を混ぜ合わせる。コトコトという音がし出せば、待合室で声を掛けてくれた女性の声が頭の中をよぎる。

「……お寺や神社のように、気軽に行ける場所か」

そんな風に言われてみれば、そうなのかな、とも思われるが、気持ちに整理がつくかというと、それはまた別の問題だ。

家族と行けるくらい安心できる所、という意見にも、まるで納得がいかなかった。

「……家族と、安心」

私は、ある日のことをふっと思い出した。


それは、私と母親に、決定的なすれ違いが生じた日。


その事件の引き金は、私が八歳になり、日本での生活にどうにかなじもうとしていた矢先に起きた「いじめ」であった。

東京近郊の小学校へ通うようになって、初めは学区外から通学する私を物珍しそうに見ていた同級生も、声を掛けてくれるようになっていた。

「え、生まれた所？」

ありふれた午後のひと時。何でもなかったはずの休み時間。転校生の私を気遣うように、質問が飛んで来た。

「うん。俺、育ったのはこの辺りだけど、生まれは東京。夏春は？」

同じクラスにいた、浅田という少年。彼の声は、いつでもどこか、得意げに聞こえる。東京生まれ、ということが、誇らしい様子だ。生まれた所が都会だということが、自慢のもとであるらしい。

「ぼ、僕は、韓国だよ。実は外国生まれなんだ」

級友の質問にやや戸惑いながら、私は彼に自分の出自を伝えた。気恥ずかしいから笑みを浮かべて、皺の寄ったシャツにズボンの恰好で。

その瞬間。

「こいつ、韓国人なんだって」

冷たい声音が、休み時間の教室に響いた。小学二年生の私は呆気に取られて彼の方を見る。

憎悪の感情を目つきに表して、浅田は私を睨んでいるのである。あまりにもありふれていて、何でもないような会話の途中で、唐突に出くわした言葉。

返す言葉が見つからなくて、私は浅田とその周囲のやり取りをぼんやりと聞いている。

私の手がどんなに冷たくなっても、私の目がどんなに悲しみにあふれていても、彼らは気が付く様子すらない。

「本当かよ、それ」

「本当だよ。俺の母ちゃんがそう言っていたし、近所のイトウのばあちゃんも言っていたから」

「うっわ、だからあいつ、キムチ臭いんだ」

実際は、キムチ臭くなんかないはず。臭いことなんかしてはいなかったはずなのに。

幼い私には、二の句が継げなかった。

その日からというもの、私はクラスメイトのほとんど全員に無視され、話しかけてくるのはごく一部だけになった。つまり、学級委員とか班長とか、何かの役を担当している級友だけである。

この子らは、いかにも嫌そうに、役のためだけに話しているのだということが、ありありと伝わってくる。

私は彼らに話し掛けられるたび、精一杯の笑顔を作って応じた。頬が引きつって震えてしまうようなみっともない作り笑いだったが、それでも今以上の疎外に心が傷つけられるのを、どうかして避けたかったのである。

学校の先生に相談したらいいのかどうか悩んだ。この時の担任は定年間際の男の教師で、頼ろうにも、そういう年代の男の人には良くない印象しか持てない。

カルト教団の教祖を「おじいちゃん」と呼んだ幼い私への暴力。

お母さん、と助けを求める間もなく、私は大人たちの腕で、脚で、殴られ、蹴りつけられたのだから。血まみれにされ、もはや痛みを痛みだとも認識できない。

――「異端者だ」

聞こえる声の意味は分からなくても、向けられる感情の鋭さが恐ろしかった。


――「異端者だ」


私はふらふらと学校の敷地を出た。授業が終わったのか、途中で勝手に早退してしまったのかも覚えていなかった。ふと面を上げると、近くでバス停に立っている大人たちと目が合う。

胸に付いた名札に視線が集中している気がして、私は名札をランドセルの肩紐でそっと隠した。

「ほら、あの子。あのナントカいう新興宗教に入信して、韓国に行ってたとかいう家の子よ」

「あー、あの家の」

背後から風に乗って聞こえてきた噂話に、私は思わず走り出す。

草原で女の子と出会い、その子が大人たちに襲われる光景を父に話して一笑に付されたあの日。あの日以来、父と母の関係はぎくしゃくして、けんかの絶えないものに変わってしまった。

第一章　靴

喧嘩の原因は、おもに私のこと。私が何か言うたびに、そしてまた私の一挙手一投足を捉えて、両親はいさかいを繰り返した。

そもそも自分が家にいていいのか、何もかも分からなくなってきた。

気持ちの逃げ場は、ほぼ何処にも無かった。

「僕がいじめを受けるのは、お父さんとお母さんのせいなんだ。お父さんとお母さんが韓国になんか行ったから、あんな所にいたから、だから僕はいじめられるんだ」

私は、本気でそう考えていた。布団にくるまり、幾度も呟いたものだし、雨戸を締め切った光の差さない自室で、涙が枯れてしまいそうなくらい泣いたこともある。

生まれという自分ではどうにもならない事実。いさかいに明け暮れ、私にまともに向き合おうとしない父と母。

弟の白露との語らいはどうにか続いたけれど、それさえも、母との一件が寸断した。

クラスメイトからの無視が酷くなったころ。

ある夏唐突に、母に旅行へ誘われた。

嬉しくて、もう嬉しくて、たまらなくて。清潔感あふれる色遣いに満ちた空港へ、母と共に行くのだ。弟もいなければ、父もいない。母とただ二人きりであることが、何にもまさるご褒美のように思われた。

雲一つない真っ青な空。青の中の真正の青とでもいわれそうなほどに、晴れやかで美しい大空。

あの空を飛行機で飛べば、眼下に見おろす海はさぞ絶景だろう。

もしかすると、窓の外を一群の鳥たちが飛んでいたりして。想像はふくらみ、私は頬を紅潮させた。

空港のロビーで、私は無邪気に母へ尋ねる。

「一体どこに行くの？」

「韓国へ行くの。聖地巡礼をしましょうね」

穏やかな表情で答えた母は、大変嬉しそうな様子である。物柔らかな微笑みだったけれど、私の頭の中に広がっていた楽しい空の旅は、たちまちにして真っ暗なものに変わった。

目の前の光景が一面、朱に染まったかのような激情が込み上げてくる。唇はぶるぶる震えて、私は母に飛び掛かった。

なぜだ！　どうしてだ！　私を苦しめる場所へ、どうしてそんなに楽しそうに行けるんだ!!

周囲に起きた旅行客のざわめきさえ耳に届かない。母を行かせたくなくて「いやだ！いやだ！」と叫びながらしゃにむに母を叩いた。

「君、きみ！　やめなさい！」

その声が辺りに響いたのは、母を叩き続けて数分も経たない時だった。

むやみに広い窓の外。何機もの飛行機が行き交う空港。白銀の機体がぎらつく太陽の光を反射して、目に眩しい。

逆上した私は、渾身の力で疾走した犬のような呻き声を上げていた。母を叩き続けた手は、紺色の制服の若い男に止められて動かせない。

「君、何をしている！　やめなさい！」

私は、空港のロビーにいることなぞ気にもしない。

兄弟の中で私だけが母と旅行に行けて、あんなにも嬉しかったというのに。度重なるいじめの痛みも忘れられるような気がしていたのに。

それら全部がふいになったことにもかかわらず、私には母を止めなくてはならない理由があった。

「やめなさい」

私を制止しようとして制服の男が鋭く言う。その視線が、思わず振り返った私のそれとかち合う。睨みつける私に、困り果てた様子の男。どんな言葉をかけたものかと思っているのだろう。男の薄い唇が、かすかに開いたり閉じたりする。

胸に着けた名札は、ハングルであった。

今から思えば、韓国の航空会社に勤務する職員だったのだろう。

七歳になるまで韓国で生活していた私は、日常会話レベルの韓国語を話せるようになっていた。男が発した短い言葉の意味ははっきり分かった。相手に伝わるよう、男と同じ韓国語で叫んでやった。

「だって、僕を連れて韓国に行くって言うんだ！　悪徳宗教に金を払いに行くって言うんだ！　だから、叩いて止めているんだ！」

空港のだだっ広いロビーが、しんとしたような気さえする。

しかしそんなことより、私は母を止めなくてはならないという使命感に駆られていた。

私を制止していた男が、ぶるぶる震える手で私を母から引き離す。

「それならなおのこと落ち着いて。お願いだから」

よく聞けば、懇願する声は韓国語なまりのある日本語へ変わっていた。

職責を果たすべく、怖がらせないように私の手をそっと握った。一方、私は制止されたことが悔しくて、ふて腐れて顔をそむけた。

「希望を捨てないでくれ」

彼がどうして、それほど真剣に私に言ってくれたのか。今となっては、確かめてみるすべもない。

母が男に謝る声を打ち消すように、場内に飛行機の搭乗案内がアナウンスされる。

私はそのまま青ざめた顔の母に手を引かれ、搭乗口へ連れて行かれた。

その時である。背後に嗚咽が聞こえてきたのは。それは、空港内の喧騒を切り裂いて届くほどの、激しいむせび泣きの声であった。

あの声は、私を制止した若い男のものではないか。

男はこちらに姿を見せないままで、私にはただ、彼の泣く声だけが聞こえる。声を嗄らすほど泣くことができるその人のことが、羨ましかった。

（僕だって本当は泣きたい。でも、何かを変えたい時に泣いていたって、何にもならないんだ）

草原で女の子を救い出せなかった日、私はこのことを、心に刻みつけていたのであるから。

タラップを進み、飛行機に乗り込む。母は私を、右奥の窓際の席に座らせる。

「お母さん、やっぱり行くの？」

そう聞きながら母の手を握ろうとしたが、母に素早く拒まれて、私の手は虚しく空をつかむ。

手狭な飛行機のエコノミー席で、離されてゆく母の手が瞳に焼き付いている。母は何にも答えてはくれず、私の方を見ようともしない。

耳元に冷房の風が抜けていく。そこかしこで、韓国語でなされる会話の声がしている。帰国して家族に会うのを楽しみにしている人もいれば、帰ると仕事がまた始まるから億劫だとおどけてみせる人もいる。

母と私のように、布施のために韓国へ行く者など一人もいない。

「こんにちは。ドリンクサービスに参りました」

キャビンアテンダントがにこやかにやって来ても、母はむっつりと押し黙り、返事をしない。
機内にて、私たち二人だけが、透明なガラスの部屋に閉じ込められたかのように別の時間を過ごしていた。

私と母との関係は、その日から大きく変わることになる。

私たちは互いに気持ちが通じなくなり、分かり合うための努力さえできなくなっていった。韓国に到着した後、母は食事や買出しのときの以外は、七泊八日の旅程のほぼすべてを涼しいホテルで過ごすありさまであった。

聖地巡礼がふいになって喜ぶ私と対照的に、あの時の母の顔からはすべての感情が抜け落ちていたのを思い出し、無性に悲しくなることがある。

日本に帰国した後。

私は精神科へ連れて行かれた。母が医師に何かの相談をしている。思い返せば、母と私の関係について相談に乗ってくれる人物が医師の中にいたのかもしれない。

だが、少なくともこのことは確実に言える。私が幼少期にかかった精神医療は、ろくなものではなかった。

真っ暗な深淵に私を引き込み、私は今なおこの時分の記憶から自由になれない。

旅が終わるころには母と私の進み行く道は遠く分かたれ、千切れてばらばらになっていた。

雲がその同じ形状を二度と回復せぬように、夏の日の思い出は追憶の彼方に消えていくのである。

何年過ぎても、いじめは止まなかった。家族との関係も一向に改善しない。

中学に上がった時点で、私は学校へほとんど行けなくなっていた。学校に行けば「韓国人」だの「チョン」だのと陰口をたたかれ、無視までされる。学業もそんな状況では、はかどるわけがない。

そんななか、私に妹ができた。

嬉しかった。妹の話をする間は、両親も安心して落ち着いているように思えたからである。それでも、勉強をまるでしないで不登校を決め込む私に、父も母もがみがみとうるさい。

すべてを愛される妹と、存在している意味もないように扱われる私。

成長していく妹の姿を見ては、私は恐ろしい思いにとらわれることが多くなっていった。妹は可愛くて仕方なかったが、脳裏にフラッシュバックする光景がある。

草原を走る私。丸裸にされていく女の子。ぷらぷら揺れる小さな足に、黄色の靴下。

やがて、気が付いた。

妹に優しく接したとしても、彼女に対する罪滅ぼしには全然ならない。

子どもの視野は、成長すると広がる。苦も味わえば悩みに打ちひしがれることもある。さまざまな経験が、子どもの視野を広いものにするのである。

しかし私の場合、このことは必ずしも当てはまっていない。何かを知るごとに、世界のすべてはくすんだ灰色の鉛筆で描かれた絵さながらに、あらゆる色彩を喪失していくのだから。

妹に対する罪の償いは今や全く不可能なことのように思われた。それに私としては、両親に溺愛される妹が羨ましくてならなかったのである。

「年端も行かぬ妹をこんなにも激しく憎んでいる、哀れな私。ああ。神さま、どうかお赦しください。こんな愚かな息子だけど、たった今天に召されるのだとしたら、お父さんの背中で泣いて死にたいのです」

真っ暗な闇の中に私はいて、手探りで物を探し出しては取り落とすような日々。

学校に戻ることはできなくて、不登校の生徒として制度上の特例を適用してもらい卒業はしたものの、友達と呼べるような人は一人もない。

それでも、生きていくには働くスキルを身に付けるより他なかった。それで専門学校に進学したのだが、学費のことから、父と生活することを余儀なくされた。職業を持たない自分がそういう学校へ通うには、それがどうしても避けられないことだったというのは、もちろんよく分かっている。

でも……。

「妹へ。私があなたたちと一緒に暮らせないのは、あなたたちのせいです」

思わず書き出した一文へ横線を引き、急いで消した。便せんがぐしゃぐしゃにされる音が部屋の中に虚しく響く。

何とか生活を切り盛りしようとするが、私たちの暮らしは貧窮をきわめた。それが自己の存在意義を証明するとでもいうように繰り返される父の借金。精神科の病院に支払う診察代。これらの出費に、決して安くはない専門学校の学費が合算されて、生活は破綻してしまった。

鼠がそこら中に出る汚らしいアパートで、食事すらまともに取れない。精神科にかかることができたところまではよかったが、こんな状態で通院費が捻出できるわけがない。

この状況を父が改善しようとしなかったことも、私を苦しめた。

子どもたちの中でも、私が病人だということで、その私に苦しい思いをさせる程度で済んでいるのなら現状を変える必要はない。父がそんな風に考えているのではないかとさえ感じられてつらかったのである。

妹だったら違う。弟だったら、きっとかまってもらえていたろう。

小麦粉を水で練って焼いただけの物に塩をつけて食べながら、私の中には両親への恨みがどんどん膨らんでいく。

恨みの亢進(こうしん)に拍車を掛けたのは、母が岡山にある実家へ弟や妹と帰ってしまったことである。

「お母さんの所に僕も行きたい」

「何言ってるんだ。お前が行けるわけがないだろう」

「行けるとも！」

荷物をまとめ、岡山行きの方法を必死に調べた。

しかしその度に、私の行き先は病院へと変わることになる。

「妹へ。私があなたと一緒に暮らすことができないのは、私が病気だからです」

新しく便せんに書いた一文を、私は見つめた。

精神科病棟への入院については父をはじめとする周囲の意見ばかり取り容れられ、私の意思は何一つ聞かれなかった。私の言動が、周りの人びとを傷つけると思われたのであろう。

実際、誰かに何かお願いをしても、却下されてしまうことがほとんどだった。それこそもう、まともなコミュニケーションの仕方を忘れてしまいそうになるほどに。

入院と退院は何度も繰り返されて、二十歳の誕生日を私は迎えた。

あっという間の、二十歳である。

何かの節目とでも思ったのだろう。母は、父と私を自分の実家に呼び寄せた。

これで元に戻せる。あの、わずかにでも平穏だった日々に戻れる。

そう思われたのは、ほんの短い間だけだった。

母の実家ですくすく育つ弟と妹。彼らの輝かしさと私のみすぼらしさ。

「可愛いね、茜」

「ねー。あっ、ヒマワリの種、食べてるよ！」

そして皆に愛される、小さなペットのハムスター。母は穏やかで、弟や妹も楽しそうで。

邪魔者は私だったのだと痛感した。たとえそういう意図が実際にはなかったとしても、私には、あらゆるものが……自分のことを拒絶しているように思われた！

それなら、こちらが拒絶し返しても、何の問題もないじゃないか。

私が思い通りにならなくて腹立たしいと言うのなら、いっそのこと何にもしてくれるな。

実家でのある夜半のこと。布団の中で泣いていた私の気持ちに、そんな思いが芽生えた。受け入れてさえもらえないなら、何もかも壊してしまえばいい。

小さなハムスターを手に取り、私は家の外に出た。ハムスターの心臓の鼓動がドクドクと伝わってくる。これから何が起きるのか、まるで分からないという様子で私の手につかまれている。

そして私は、ハムスターをそのまま、庭に埋めた。土を掘り、小さな命を埋めたのだ。

「私も、君みたいに愛されたかった……」

うつろに呟いて、私はそのまま部屋へ戻った。

案の定、翌朝は大騒ぎになった。

私が起きてこないことなど、誰も気にしていない。皆が気にしていたのは、突然いなくなったハムスターのことばかり。

ただ、ハムスターはすぐに見つかった。庭の土の中から出てきて、塀の隅っこで呑気に草を食べていたのである。そんなハムスターを取り巻いて、皆は話をしている。

そばにあった鉛筆を手に持って、私は皆の所へ駆け寄った。居間が静まり返る。表情をこわばらせ、全員が私の方を見た。私を、見てくれたのだと思った。

「……助けてよ」

思わずそう、声が出た。

「助けてよ！　助けてよ‼　お願いだから、助けてよ！」

私のまぶたは、あふれ出る涙に濡れていた。

しかし、そうやって叫ぶ私を見て母は悲鳴を上げた。手に持った鉛筆がまるでナイフでもあるかのような怯え方。車の中へ逃げ込もうとする母を、私は走ってつかまえようとする。父はといえば、母を逃がそうとして運転席に飛び乗る。

誰かが通報したのだろう。警察がきた。

家族の陳情だけを聞けば、私は完全な狂人だ。ハムスターに嫉妬し、突然家族へ襲いかかる。そんな人間であるにすぎない。心の奥に隠された苦悩が、外から見えることはない。

「君がこのまま家族とかかわり続けることは、互いにとってけっして良いことではないと思う。どうだろう。家族と離れて暮らさないか？　岡山であれば、私も協力できるから」

まさに入院の一歩手前。そう告げた主治医のおかげで、家族から距離を置くという選択肢があることを、私は初めて知った。主治医がその時、その選択肢を示していなかったとしたら、私は今も病院に入院したままだったろう。

ずっと冷たいままだった指先へ、ほのかなぬくもりが感じ取られた。

私はあの日のことを思い出しながら、新しい便せんを取り出す。そして一文字、また一文字と文を綴っていく。

「親愛なる妹へ。私は、家族と一緒に暮らせなくなるような、自分の力だけではどうにも変えられない経験をいくつもして生きてきました」

無事生きていたペットのハムスターの記憶を、妹はあの時のまま、心にしまい込んでいるだろうか。

ぐつぐつと、鍋の煮える音がする。

「あっ……っと。煮えすぎ、煮えすぎ！」

慌てて火を止め、鍋を下ろす。おたまでスープをすくって味を見れば、塩がすこし足りない。塩を足してから、出来上がったスープを椀に注ぐ。

簡単な野菜スープは、私の料理の定番なのだ。安く済むし、飲めば小腹が満たされる。

スプーン片手に椅子へ腰掛けたら、私の目の前に頬杖をついたラファの姿が浮かび上がった。

唇を尖らせておちょぼ口を作り、気取ったような様子で言う。

「そんなにつらい出来事を思い返すくらいなら、今の幸せに浸っていてもいいと思うなぁ」

私はこの言葉を聞いて、どう答えていいか分からないでいる。

ラファが言いたいことも分かるような気がするけれど、だからといって妹のことをこのままにしていいのだとは思わない。

私が押し黙っていることをつまらなく思ったか、ラファはかまどの方に歩み寄る。そして、かまどの蓋を取ると、煤まみれになりながら、すぽんと中に入ってしまった。ああなったら、しばらくは出てこない。

（すねてしまったかな）

と、その時である。

すねるという言葉が、私の頭の中に妙な引っ掛かりを生む。誰かもまた「すねる」と言ってくれた気がして。できるだけ心が波立たないよう抑え込んでいた私を、子どものように無邪気な表情で笑わせてくれた人が、いて。

「ああ、そうだ」

菅野さんだ。

第一章　靴

遠い昔の記憶がよみがえる。

「君はお腹が空いているのか？」

「え？　……」

その日もたしか、真夏の太陽が照り付けていた。

「すねたような顔をして、それに靴がぼろぼろだ。こういうときは、腹が減ってるってのがほとんどなんだ」

その日私は、こらーる岡山診療所の玄関前に置かれたベンチに座り込んでぼうっとしていた。家を購入したばかりで貯蓄は底をつき、来月の障害年金が振り込まれるまで食事もまともに取れない。庭に自生する野草を塩と油で調理し、どうにか餓えをしのぐ日々であった。

そんな時に出会ったのが菅野直彦さんだった。こらーる岡山診療所へ通所する患者の一人で、永ちゃんとも長年の付き合いがある。私たち三人はいつしか互いに心を許し合い、親友の間柄となっていた。

銀縁眼鏡の菅野さんは根っからのヘビースモーカーで、いつも煙草の匂いがする。接していると、不思議と穏やかな気持ちになる人であった。聖人君子といった風の大仰な形容がふさわしく思われるほど、誠実でまっすぐな話し方をする。

ああそうだ。そうだった。

菅野さんのことを言い表す言葉がしばしば過去形になるのは、菅野さんがもうこの世にいない、記憶の中の人だからである。

「……菅野さん」

じっと目を閉じ、一つ、ふうと息をつく。三年前。菅野さんは心不全で亡くなった。

菅野さんは日に五箱もの煙草を吸う。それが楽しみなのである。そして、こらーる岡山診療所に通うということは、彼もまた病を抱えていたのだ。

つらいことも苦しいこともあったろう。だが、菅野さんは、私には変わらずずっと優しくしてくれた。

手元のスープが冷めていくのが分かっていても、彼の思い出はとまらない。一緒に行ったクリスマスパーティー、蛍を観に行った日のこと、夏祭りのにぎわい、正月参りの人混み、夜更けの何でもないメールに、どうでもいいことで盛り上がる昼餉（ひるげ）の語らい。

でも。

（一度に思い出しすぎた気がする。そう。亡くなってからというもの、菅野さんのことはできるだけ思い出さないようにしてきたし）

ふと、私は先生にもらった教会の案内がカバンから落ちて床に投げ出されていることに気が付いた。案内を拾い上げようとして、束ねられたままの状態で積み重なった段ボールの山に目を留める。

（あっ！）

第一章　靴

頭の中で思い出がはじける。そうだ。

あれはたしか……スープが残った椀をテーブルに置き、壁際にある大きな備付けの木製のタンスのところへ行ってみる。かつてこの家に居住した人たちは、このタンスに着物をしまい込んでいたのだろう。私一人では半分も使い切らないようなサイズのタンス。その一番上の引出しを開けた。

普段は人目につかないようにしてある段ボール箱を取り出す。埃が立ち、日差しを受けてきらきらと舞う。

菅野さんがこの家に来た時、「いつか中を見てくれ」と言い残して置いていった段ボール箱。一度は開けてみたけれど、中身をあまり深く考えたくなかった。だけど、菅野さんが置いていったその箱を、私はどうしても捨てられずにいた。箱をそっと開ける。

「……聖書」

ふるくからの友。懐かしさに、胸が一杯になる。

これは、菅野さんの私へのメッセージだったのだろうか。彼が「いつか」と言い残したのは、もしかしたらこの時のためだったのかもしれない。

「わぁ、埃まみれの本ね」

「ら、ラファ！」

唐突に声を掛けられて、すこし驚いた。ラファは頬杖をつきながら、私の横にしゃがみ込み、聖書を見つめていた。

「こんな本をどうしてくれたのかしら。あなたにもいつか、聖書を読んでもらいたかったのかしら」

「分からない」

「そうよね。もう死んでしまったんだもの」

「うん。菅野さんにじかに聞いてみたいものだな」

「もっと早くに取り出しておけばよかった、そう思っているのね。大丈夫。きっと今日が、この本を取り出すべき日だったのよ」

ラファは私の体にそっと腕を回した。後ろから優しく抱きしめるラファの手に、りんごの甘い香りが漂っている。煤まみれになりそうなかまどの中から出てきたわりに、雪のように白い腕には私の気持ちを癒やすぬくもりがある。

「きっと大丈夫よ、涼。菅野さんなら、よく見つけてくれたって喜ぶと思うわ」

「そうかな」

「うん。あなたの覚えている菅野さんは、そういう人でしょう?」

「もちろん、そうだ」

「ええ。だから大丈夫よ。死んでしまった人はもう何も語れない。死者の代言は、生きている人間だけができる。あなたが覚えている菅野さんに、ほら、問いかけて」

ラファは優しく、私を振り向かせた。

窓から光が差している。宙を舞う無数の小さな埃がきらきら輝いて、午後の日差しはただただ私を包み込んで暖かい。

その先に、菅野さんがいるような気がした。

「これを……」

私は彼に聖書を差し伸べる。そこに、受け取ってくれる人がいるはずはない。重力に引かれて、聖書は私の膝に戻ってくる。

「私に、読んでもらいたいってこと？」

「きっとそうよ、涼。読んでみましょう。ねえ」

ラファは優しく微笑む。私は恐る恐る、聖書のページをめくった。

幾年も閉じられたままであったろう聖書はパリパリと音を立てて、私の目に、聖書の文字はかろやかに躍る。

「私は、私は……」

わらわらと文字が動く。ぐるぐると目が回る。強力な眠気に襲われて、私は床にくずおれた。

家の床が、至るところ畳であって助かった。日に焼けた藺草（いぐさ）の匂いが、ふわり心地よく香る。

優しい微笑みをラファは浮かべて、私の頭をなでながら、節のある子守唄のような歌を唄う。

その手に頬ずりをしながら、私はつい、まぶたを閉じてしまうのだった。

【三】

腕を引っ張り、起き上がるよう促される感触を覚え、私は驚いて目を見張った。

腕をつかんでいたのは永ちゃんであった。玄関から吹き付けた風にあおられて、はっとして我に返る。手持ちにしている聖書に、永ちゃんが目を留めた気がした。

「全く！　ちゃんと眠ったか気になって来てみたら、玄関の戸を締めてすらないじゃないの」

むろん、永ちゃんがそう言ったということは聞き取れる。しかし肝心の言葉の意味が理解できないでいる。ただもうひたすらに眠気がさして、脳がカステラへでも変化したみたいだ。

「あっ、あれぇ？　お、おはよう」

正体なく返事すれば、さっきより強く、永ちゃんが私の腕を引く。

「よし！　ちょっと付き合ってくれ」

何か決意した様子で、永ちゃんが私を外に連れ出す。あれよあれよという間に、車へ乗せられてしまう。

あまりに眠くて、返事もろくにできない。

第一章　靴

永ちゃんの運転する車の中には、本人が吸う煙草の香りが立ち込めていた。点けっ放しにしたラジオからは、明るい朝の挨拶が聞こえてくる。よく通る美しい声をした女性パーソナリティが、今日の天気予報を歯切れよくアナウンスしてゆく。

「以上。岡山市の本日のお天気でした。間もなく午前六時となります」

そうか。早朝ともなれば、見覚えのあるはずの街の薄明るい風景も、こんなに静かだったのか。

（そうだ。昨日、あのまま眠ってしまったんだ）

菅野さんのことを想ううち、ラファに頭をなでられていつの間にか眠っていた。意外と疲れていたのだと思う。

車窓から見える風景には一面朝靄が広がっている。そわそわして仕方ない気持ちを紛らわすため、早朝の街を一度か二度、散歩したことがある。

でも、永ちゃんの車で通り抜けてみれば、朝の街の印象はその時とはまるで違っていた。清く静かで、澄んだ空気に包まれて存在しているように見える。

ラジオの音は穏やかな響きのする音楽に変わり、永ちゃんがどこを目指して走っているのか、知ろうとする気力が起きてきた。

どのくらいの間、走ったのだろう。普段車に乗らないから時間経過が分からない。

見慣れた店がいくつかあるので気が付いた。

（これ、こらーる岡山診療所へ行くときに通る道じゃないか）

ひょっとしたら、私の様子を見て山本先生の所へ連れて行こうと思ってくれたのだろうか。永ちゃんのことだ、それはあり得る。

そんなことを考えるうち、永ちゃんの車は駐車場に駐まった。

「着いたぞ、涼。降りられるか？」

永ちゃんに言われ、まだ眠気の残る頭で頷く。車を降りる。そこはまるで知らない場所だと気が付いた。

思わず不安になって、菅野さんのくれた聖書を、ぎゅっ、と抱きしめる。

こういう時、ラファは私の前に現れてくれる。スカートを持ち上げてくるくると踊ったり、足をぱたぱたさせたりして、私が落ち着きを取り戻せば、微笑みを浮かべて声を掛けてくれる。

「大丈夫。涼は安心していて。私が守ってあげるから」

記憶の中で、そう言ってささやく彼女の手が、私の手から絵筆を取り上げた。

（……昔は、絵を描いていたんだっけ）

いつのころだったかは覚えていないけれど、ラファは絵筆を持っていた。なんと、紅い絵の具で、白いワンピースにぐるぐると渦巻の紋様を描いている。

「ほら、涼。も少しシャキッとしな」

永ちゃんがぽんと背を叩く。知らない所へ来た緊張から、寝ぼけてぼんやりしていた意識が次第に覚醒していくのが感じられる。

第一章　靴

　眼前には広い洋風の庭園がある。手入れの行き届いた植物が整然と配され、名も知らぬ草でさえ、丁寧に育てられているように見える。朝露に濡れてしっとりした芝生を踏みながら進んでいけば、木造の建築が現れた。

（ここは……？）

　どうやら、たくさんの人が集う場所のようだ。白い息をはきながら朝の挨拶を交わす声がそこかしこ聞こえて、私と永ちゃんの後から来た人の数は一〇人を下らない。

　建物へ入ると、十字架が最初に目に入った。木のベンチがずらり並んで、仰ぎ見れば輪の形をしたシャンデリアが吊るされている。両側の壁にステンドグラスがはめ込まれ、朝日を受けてきらきらと輝いている。

　右側のステンドグラスが虹の架かった青空をモチーフにしているのに対し、左側のステンドグラスは、空から金色の光が降り注いでいる様子を表している。

　ベンチに腰掛けている人たちは、互いに和やかに挨拶を交わす。中には思いつめたような表情の人もいたけれども、そういう人のことを周りの人びとがそっと見守っているのが伝わってくる。

「え、永ちゃん。ここは？」

「ここは、俺がお世話になっているカトリック教会だ」

「……カトリックというと、キリスト教の？」

　永ちゃんは頷く。その顔を正視できなくて、私は唖然と、周囲を見回した。

「……ここが？」

衝撃を受けた。私がそれまで持っていた宗教のイメージと、それは明らかに違っていたから。次々に来場する人の流れに促されるようにして、私は永ちゃんと一緒にベンチへ腰掛ける。

ざわめきも人という人の気配も、いつもの何倍にも感じられる。しかしなぜだろうか。私はそのことをけっして不快には思わなかった。

「おはようございます」

「はい。おはようございます」

そこへ母親らしき女の人に連れられた少年がカバンを背負って入ってきた。少年は腕に紙の束を抱えている。その紙の束を、母親と一緒に周りの人たちへ配り始める。

少年は、私の所へもやってきた。

「おはようございます。どうぞ」

「あ、あり、がとう」

つかえながら返答した私に、少年は嫌な顔ひとつしない。見ると、この教会の会報である。

永ちゃんは熱心に目を通している様子で、会報の内容に関心をもっていることが伝わってくる。

ほどなく、中央の壇に白髪で細身の男性が登壇した。外国人である。柔和な面立ちで、清貧という語が似つかわしい、質素な身なりをしている。大変慎ましやかな印象がした。

宗教から久しく距離を置いていた私には、この人物がどのような役職の人なのか、想像するのも難しい。このような場に自分がいるというのが、何だか信じられない。

「……永ちゃん、これから何が始まるんだ？」

「これからミサが始まるんだ。祈りの時間さ。この時間には、何か考えていてもいいし何も考えなくてもいい」

「祈り……」

私の脳裏に、遠い日の記憶がフラッシュバックする。子どもの私が、教祖と呼ばれていた壇上の老人に手を振る。呼び掛ける声に気付き、あからさまな嫌悪が表情ににじむ。

周囲の大人たちの狂った言動。

視野が血で赤くなるほどの、暴力。

殴りつけられた私に包帯を巻く、母のまなざし。

その時だ。

「行ってきまーす」

会報を配っていた少年が、先ほどの自分の母親と思しき女性に手を振って、にこにこ笑って言う。

全身がこわばり、指先が震える。動悸がして呼吸が早くなる。殴打の瞬間の激痛が思い出されて、私は目を閉じ身を固くした。

少年の母親は「行ってらっしゃい」と返す。

心の奥から湧き起こる恐怖心が、行き場を失った水のように逆巻く。

「気をつけてね、これから車も多くなるから」

「しっかり勉強しておいで」

声を掛ける大人たちは優しい表情を浮かべ、壇上の男性もまた、穏やかに微笑んでいる。少年を疎むような顔は、誰ひとりしていない。

手を振り返した少年が背中のカバンを揺らしながら場を去ったところで、壇上の男の人がマイクの電源を入れる音がした。

「時間になりました。皆様、おはようございます」

男は少し早口で、わずかななまりのある話し方をする。挨拶を返す会衆の声が辺りの空気を明るくする。壁に掛かった時計は、朝の七時を指したところだ。細身で白髪の男性は本をめくり、人々に語り掛けている。

彼の声が持つ独特の響きに包まれながら、私は手元のチラシを握り締める。

（……そうか。そうだよな。あの子はただ出立の挨拶をしただけじゃないか）

少年に咎め立てられるようなことは何もない。皆に聞こえるはっきりとした声で出立の挨拶をし、この場を去ったのであるから。

少年を見送った大人たち。時間になるまで待機していた壇上の男性。場にいる人々の挙動に不自然なところは全然ない。

彼がもし会の最中に声を上げたら、後で注意されるくらいのことはあると思う。でも、殴打されるようなことはないだろう。私はそんなことを考えていた。

＝＝＝

語り続ける男性を聞きながら、天井のステンドグラスを、どれくらいの間見上げていたろう。周囲のざわめきが急に大きくなった。

「涼、帰ろう」

「え？」

顔を上げると、永ちゃんが立ち上がっている。周りを見回すと、多くの人が帰り支度をしていた。知人と簡単な会話をしている人もいれば、これから仕事へ行くか、カバンを抱えて出て行く人もあった。

細身の男性は講壇から降りて、人々とにこやかに談笑している。冗談か何か言ったのだろう。会衆の哄笑（こうしょう）する声が壁や天井に反響して騒がしい。

ざわめきを聞きながら、私はなかなか立ち上がれなかった。

「……そうだな。ちょっと一服したいから、付き合ってくれ」

永ちゃんにそう言われて、まだすぐには帰らないのだと分かると、私は自身の体が柔らかくほぐれてゆくような感覚をもった。そのことが永ちゃんにも伝わってしまったらしい。

「こっちだ。喫煙所があるんだ」

にかっと音がしそうな笑みを浮かべて、彼は私を連れていく。教会の外に設営された小さなプレハブの喫煙所の出入口はガラス戸で、カラカラッと乾いた音を立てた。備付けの椅子に腰掛けたら、教会の庭をぐるり見渡すことができる。

喫煙所の内部は、数種の煙草の香りが混じり合った匂いがする。私の見知らない誰かもまた、ここで喫煙を楽しんだものと思われる。黒い角柱の上に、孔がいくつも開けられた銀色の受け皿の載った、平凡なデザインの吸殻入れが設置されてある。

「びっくりしただろう」

言いながら、永ちゃんは煙草を取り出して口に咥えた。その煙草の先っぽへ、手のひらにすっぽり隠れるくらいの大きさをしたライターの火が点く。煙をすぅと吸い込み、ひとしきり香りを味わった後、紙臭い匂いをさせながら吸った煙を吐き出す。

頷いた私の手を見つめて永ちゃんは言った。

私は菅野さんの聖書を手持ちにしている。

「そうか。実はな。俺は今朝、お前が聖書を持って眠っているのを見て、すっげえ驚いた」

「あっ、こっ、これは。なぜか急に思い出して。菅野さんがくれたんだよ」

「……菅野が。そうか」

永ちゃんは、しみじみと言う。

「俺はキリスト教を信仰しているんだ」

「信仰……」

「いつも、ボランティア活動の話をしてるだろ？　それはここでしていることなんだ」

永ちゃんは、さらに続ける。

「それからな、ここは菅野も所属してた教会なんだ」

「えっ⁉」

そのせりふは、私をとても当惑させた。二人はつまり、自分たちの信仰を私にずっと黙っていたということになる。私の中の何かが、打ち明けるという行為を彼らに思いとどまらせていたわけである。

私が何か言い出すよりも早く、永ちゃんが言う。

「菅野も、俺もな、キリスト教だけじゃなく、お前が神の存在というか、目に見えないものを信ずることそのものに、どうしてだろうと疑問を感じていると知っていてな、それでどっちも言い出せなかったんだ」

遠い日の追憶に、私は心をしばし遊ばせる。

思い起こせば、ずいぶん昔のことである。菅野さんと永ちゃんと連れ立って、街歩きをしていた時のことだ。

――あれは菅野さんが健在であったころのこと。ある年の元旦の話である。

にぎやかな雰囲気に浮かれる人々の列が、神社の本殿まで長く延びていた。

祈願をする際の仕草を互いに確認し合う家族。神社へ来たのは初めてらしい子どもに、初詣での意味を話して聞かせる親。祖父母に絵馬を買ってもらう受験生と思しき少年。

そんな風景を眺めながら、私が思わず言ってしまったこと。

「祈ったところで、何になるんだろう……」

神様は存在しないと言い切るほどではない。でも、両親が信じ込んでいたあの老人は救世主ではなかったし、神様でもなかった。神社の奥に神様の御姿が見えるのでもないのに、人々はどういうわけか一心に祈りを捧げている。

心の中に、疑問が膨らんでいく。

「いるかどうかも確実でないのに……人はなぜ、神様を信じるのだろうなあ」

あの日、雑踏の中で私はそう言ったのである。二人は何も言わなかったけれど、きっとその時、思っていたに違いない。

今は、自分たちの信仰を私に話すのはやめておこうと。

そうだ。そんな日が確かにあったんだ。

「涼のことを、信じなかったわけじゃない。でも、たとえば……誰かを騙して金を巻き上げる詐欺師のような人間が、信仰心を利用することもある。涼の抱いた疑いの気持ちが、何かしら、嫌な思い出に基づくのだとしたら……伝えない方が良いって思った」

「……その、永ちゃん？」

第一章　靴

私の気分は、なぜだかとっても軽かった。

「今日起きたことは、どれもみな、嫌なことではなかったよ」

永ちゃんが頷くのを見て、話を続けた。

「何だか、たまらない気持ちがしているよ。二人が感じたように、私は今まで、宗教にはその、あまり良いイメージがなかった。全く、大嫌いだったと言って良いくらいだったし、宗教については、考えることさえ嫌だった。でも、昨日、山本先生から教会を紹介してもらったんだ。少しずつ対話しながら、自己の思いを見つめ直せる場になるかも知れないよ、って」

濁音混じりの荒いため息を一つ吐いてから、私はなおも話し続ける。

「ここは、それまで持ってたイメージと全然違う。嫌じゃないんだ。さっき、なかなか立ち上がらなかったろう？　何だかここにいつまでもいたい、そんな風に感じたんだ」

永ちゃんはやはり黙ったままである。

私は言葉を繰り返す。

「嫌じゃなかったよ……」

永ちゃんは静かに頷いた。

「なら、よかった」

「うん。ありがとう」

「おう」

すぅ、はぁ。ため息を吐くような呼吸をすると、永ちゃんの煙草の先っぽが熱を帯びて赤く燃えた。彼の煙草はまだ半分残っている。

ふと、私は思ったことを口にした。

「……永ちゃん。菅野さんもここに来たってことで、合っている?」

永ちゃんはゆっくりと頷いた。

「ああ。あのホールへもこの喫煙所にも、菅野と来たよ。洗礼を受けたのもここだ。そうだ、洗礼って知っているか?」

「いや、よく分からないよ」

「洗礼というのは、キリスト教徒になるとき、誰もが受ける儀式なんだよ。儀式の様子は、宗派でいろいろと違っていて同じじゃないんだが、イエス・キリストに生涯を捧げること、生き方のすべてをイエス・キリストへ委ねること、いのちの書に名を刻むことで……何て言えば良いのか。まだまだ俺も勉強の途上だ。うまく、言えないや」

そう言う永ちゃんのかたわらで、私は思案していた。生涯を捧げる。生き方を委ねる。いのちの書に名を刻む。いずれも、目には見えない、教えの中に息づくイエス・キリストへの信仰を意味している。

それは一体全体、どのような感覚なのだろう。

言葉を押し出そうとして、言葉が見つからなくて、息だけが出たというような音である。

父母が昔、韓国で信じ切っていた救世主を騙る老人は、自分を信じることこそが真の信仰であり、救いはその信仰がもたらす恩恵だと説いていた。しかし、私たち家族は、それで救われるどころか、塗炭（とたん）の苦しみを舐めた。

（救いとは、信仰とは、なんだろう……）

昨日の晩から抱きしめるようにして持っていた聖書は、体温を宿して温まっていた。

「永ちゃん。私は、生まれ変わりたいと思っているかもしれない」

ぽつり。自然と口からこぼれた言葉に、永ちゃんからの返事はなかった。でも、私が言ったことを否定しないで、ただただ聞いてくれただけで十分だった。

永ちゃんは私と並んで、それはもう、大変に眩しいものを見つめるかのように、路傍に咲くタンポポたちを眺めているのであった。

それからしばらくの間、私は教会へ通うようになった。本格的な春に向けての移ろいが、例年よりも新鮮なものに感じられるようであった。

＝＝＝

それから数ヶ月経ったある日のこと、永ちゃんと一緒に教会から家へ帰るまでの道すがら、車の窓越しに商店街の風景が流れてゆく。

永ちゃんは、交差点を右へ曲がる様子である。カッチ、カッチと音を立てて点滅するウインカーをよそに、永ちゃんは話しかけてきた。

「ちょっと寄り道をしよう」

車が停まったのは、靴屋の店先であった。

「永ちゃん？　何か、買い物が？」

「ああ。スニーカーを買おうと思った」

「そっか」

真新しい靴がそこかしこに陳列された店の中を、二人でぶらつく。夏向けのサンダルコーナーからは、ひときわきついゴムの匂いがする。女性用のサンダルや男性用の革靴など、いろいろ見ながらスニーカーが売られているコーナーへたどり着いた。

緑や白、赤に青。色とりどりのスニーカーを物色するうち、自分の足と同じサイズの棚に自然と目が行く。スニーカーといえば、ポップだったり派手だったりするイメージだ。普段履きに適している。

でも。

（あ、これいいな……）

そう思われたスニーカーは黒一色で、上品な革靴のように垢抜けした大人っぽさを感じさせる。

永ちゃんはそのスニーカーに手を伸ばす。

「これかな」

第一章　靴

「似合うと思うよ。永ちゃんに」

互いに品の好みが共通していることが、素直に嬉しかった。永ちゃんは、そのスニーカーの在庫品をすぐに見つけ出して手に取った。箱の中身を確認してから会計を済ませた。三五六〇円のスニーカーは助手席に座る私が膝に抱えて持つことになった。

ほどなく帰宅して、永ちゃんは庭前の駐車スペースに慣れたハンドルさばきで車を入れる。スニーカーが入った袋を助手席に置こうとした時、運転席でギアをパーキングに入れた永ちゃんが、シートベルトをしたままじっとこちらを見ている。

「やるよ」

「えっ⁉」

驚いて永ちゃんを見れば、彼は歯を見せてにっこり笑っていた。

「だから。やるよ、それ」

永ちゃんは笑って、スニーカーの入った袋を指差した。綻びてぼろぼろになった自分のスニーカーが目に留まる。永ちゃんは、私のこのスニーカーに気が付いて、新しいのを買ってくれようとして、わざわざ靴屋に寄ってくれたのだ。

「永ちゃん。ちょっと悪いよ。お金は払うから！」

「いいんだ。知ってるか。イタリアにはこんなことわざがあるんだよ」

一つ咳払いして、永ちゃんは重々しい調子で話し始める。

「人が履く靴はその人の人となりを表している。ぼろぼろのその靴がお前の人となり、だなんて俺には到底思えない」

「お金のことは気にするな。今日俺に付き合ってくれた礼だと思ってほしい」

ぎゅっ。運転席の永ちゃんの手が、スニーカーの入った袋を私に握らせてくれた。

ぎゅっ、ぎゅっ。永ちゃんの手のぬくもりが、私の手を柔らかく包み込む。そのぬくもりは、言葉よりも遥かに雄弁に、彼が私のことを気に掛けてくれていることを物語っていた。

永ちゃんの手がそっと離れる。

「そんな……」

思わず目を伏せると、白い紙袋が車の床に落ちていることに気付く。薬が処方されるときによく使われる、薬の名前や飲み方を記した小型の紙袋である。薬が中に入ってるのか、少し膨らんでいる。

「あっ！　ごっ、ごめん。永ちゃん、うっかり踏んじゃうところだった」

急いで拾い上げたら、永ちゃんの腕がさっと伸びてきた。

「わるい、わるい。風邪の薬を置きっ放しにしちまったんだな。いやあ、全くうっかりしてた」

ばつが悪そうに笑いながら、永ちゃんは、紙袋の表を見せないようにして、自分のポケットへねじ込んだ。風邪をひいてたなんて、聞いていなかったけれど、……何の薬だったんだろう。熱冷ましかな。

永ちゃんが車のドアロックを解除する。

いくらかの不安な気持ちを残したまま、私はゆっくりと車から降りることにした。庭の雑草をしっかりと踏みしめながら。

「永ちゃん。……あの。な、何でも相談してくれよ？　僕にできることなら、協力するからさ」

「おう、ちゃんと頼るとも。じゃあな！　がんばれよ」

がんばれ、という言葉を素直に受け止めることができたのは、いつ以来のことだろう。

ぐっと背中を押してくれるようなあたたかさがある、永ちゃんの「がんばれ」。私は、靴入りの袋を抱えたまま、鮮やかな手振りで庭から出て行く永ちゃんの後ろ姿を見送る。

「ありがとう！」

大きな声で礼を言った。去りゆく車の窓から手のひらをのぞけ、少しだけ手を振って、お別れをした。

私は一つ、二つ、呼吸を整えた。頭の中の不安な気持ちを、今日の大空に向けてかろやかに解き放つように。

「よしっ。大切に使おう」

大切に、大切に。頂いたスニーカーを、私は靴箱へしまった。

【四】

聖書のページをめくる。注解書で分からない語彙を調べたりしながら、ゆるゆると読み進めていく。登場人物の名をメモ帳に書き付けたりもする。時に、同じ名を幾度となく書きながら読んだ時のことを思い出してはおさらいもする。

「ふう」

一つ息を吐いて、私は天井を仰いだ。

いつもと違ってはいるけれど、どこにでもあるようなデザインの、平凡な天井である。

「夏春君、その後どう？」

「あ。少し落ち着きました。ありがとうございます」

「よかったぁ。それにしても災難だったね。家が雨漏りするだなんて」

そう言いながら横に座るのは、この宿泊施設の管理人さんだ。

私は今、岡山市からやや離れた場所にある、備前市近郊の海沿いの宿泊施設に泊まっている。ただの宿ではなく、精神病院から退院した人が社会での生活に慣れるとか、泊まる場所を応急で必要とする人が利用するとかいう目的で建てられた施設である。

私が購入した農地付き古民家は、どうしても不具合が出る。このところの雨で、ついに雨漏りが起きたのだ。

第一章　靴

購入の折にある程度はリフォームしてもらったが、その時に支払うことのできた金くらいでは、修理と言っても、はなはだ不十分な出来のものしか実現しなかった。完璧な仕上がりからは程遠いと言わなければならない。

床一面、水浸しになるほどの雨漏りに、ひとまず緊急でリフォームをしてもらうことになった。できるなら、もっとしっかりリフォームした方がいいと言われたけれど、「金が工面できない」と正直に伝えるしかない。

すると、業者の人もいろいろと事情を察してくれたのだろう。雨漏りが起きた箇所へ最低限の修理を施し、濡れてびちゃびちゃになった畳と床板を取り替えて、できる限りお得に施工していただけることになった。

ただ、一日では完了しない。日頃からお世話になっているソーシャルワーカーの佐々木さんに連絡をする。ホテルに泊まるような金は持ち合わせていない。頼る先が思い付かない。どうにかならないかと、相談するのである。

それで紹介されたのが、この施設だった。

「じゃあ、これも」

手渡されたのはカラー印刷のパンフレットだ。

「へえ。この近くの、おすすめ観光スポット」

「どうせ海沿いまで出てきたのなら、歩いてみればどうかと思って。もし元気が出てきたら、少しだけ」

「ありがとうございます。じゃあ、ちょっと行ってみようかな。聖書って、分厚いですよ。読むところもたくさん」

「一ページめから、律儀に読んでるもんねぇ」

彼女の微笑みに、頭を掻く。ページをめくるたび、菅野さんの姿がはっきりと目に浮かぶ気がして。何となく。

彼の読書は始めから止まらず、いつまでも読むことをやめない。

私は再びパンフレットへ視線を落とす。せっかくのおすすめだし、少し歩いてこようかな。

「じゃあ、行ってみます」

一つ頷いていつものリュックを背負い、永ちゃんにもらったスニーカーを履く。外に出た。

管理人さんが、施設の入口まで見送ってくれる。パンフレットを開いて現在地を確認し、ウォーキングを始めた。

最初の目的地は、海がよく見える丘にしよう。

「真っ直ぐこの道を行って、ええと。ああ、あの交差点で曲がるんだ。よし」

そこまで確認をし、自信たっぷりに出発したのに、なかなかたどり着かない。

曲がる交差点を間違えたようだ。汗が頬に垂れるくらい歩いておいて、今までよく気が付かなかったものだと、自分の暢気(のんき)さに軽く呆れる。

第一章　靴

野原を越えて人心地がついたと思ったら、辺り一面田園の真ん中を通る道に迷い込んだため、それと気付いたのである。

「……あれ？」

田んぼのあぜ道だが、長く放置されていたらしい。道はでこぼこして平らでなく、雑草があちらこちら、顔をのぞかせてはびこっている。軽トラック一台がやっと通れるぐらいの幅しかない。

誰かが置いていったままになっているのか、錆び付いた草刈機が横たえられてある。

（……それにしても、白く波が打ちよせる海岸がどこまでも続いて、なんて綺麗なんだろう）


青々と茂る草の緑に、錆び付いた農機具。その向こうに雄大な海原が広がってきらきらと光っている。遠く遥かな潮騒が今にも耳へ届きそうな、寛ぎの時間。そのまましばらく見とれていた。

潮風が全身をやさしくつつむ。眼に飛び込んで来る日の光は、ただひたすらに強く、そしてまぶしかった。

口元を流れる汗が、常ならずしょっぱく感じられる。

そうするうち、海の彼方から、船舶の吹き鳴らす汽笛の音が聞こえてきた。振り返れば、海の水面は、幾千万のダイヤモンドをちりばめたような、黄金色の輝きを放っている。

視線を少しだけ逸らせば、白砂青松の海岸線の連なりに、愛着とも懐かしさともつかぬ情感が呼び覚まされて、素足で歩けそうな場所だとも思われてくるから不思議だ。

砂浜に、女性が一人佇んでいる。背丈はそれほど高くもない。女性としては、中背であるように見える。

麦わら帽子から黒くて豊かな髪があふれ出し、微風になびいて揺れている。女性の輪郭はぼやけて判然とせず、そのため、顔の造作の細部はここからは見通せない。

しかし、なぜだろう。私には、その女性がこちらを向いて立っているように思われたのだ。その瞬間。

パチリ。

女性と私の瞬きが、一つに重なった気がした。

「え……?」

夢幻のように、彼女は消えていた。

さっきまで波打ち際にいた人が、一瞬で見えなくなることなんて、ありえるだろうか。

夢と見まごう光景に、立ち尽くしたままの私ときたら、ただもうそのまま、海風に吹かれて沈黙しているのみである。

＝＝＝

第一章　靴

リフォームは予定通り、完了した。

施設住まいを終えて家に戻るまでの幾日かの間、私はあの海沿いの場所へ何度も足を運ぼうとしたが、どうもたどり着けない。そもそも、たまさか行き着いただけなのだから、仕方がないだろう。

自宅に戻った私は代わりに、山本先生が紹介してくれた教会に行ってみることにした。前々から思い定めていた計画を、実行に移すというわけだ。


自宅の古民家を出発して程なく、目印の郵便局のある曲がり角にやって来た。徒歩にして十分ほどの道程である。

郵便局向かって左側に、車一台がやっと通過できるくらいの細い道が延びている。進んでゆけば、まるで行き止まりに出くわしそうに思われる。それほどな幅しかない。そんな道であった。

この先に、本当に教会があるのだろうか？

そんな疑念が脳裡をよぎる。地図を頼りに歩き続ける。

歩いて行くと、住宅街はいつしか、一面の田んぼに変わった。

その田んぼの真ん中に、木造の大きな建物がある。

（もしかして、あれが？）

びうと吹き抜ける風を受けながら、十字架を戴くその建物の様子は泰然として揺るぎない。

と、その時である。

「おーい」

遠くから、人の声が聞こえる。

「おぉーい」

声の方を見遣れば、中年の男の人が、教会側にある小高い丘の上から、こちらへ手を振っている。豊かな黒髪の、温厚そうな面立ちの人で、にこにこと、嬉しそうに笑顔を浮かべていた。

「もしかして、夏春君ですかー?」

はつらつとした声で名を呼ばれ、私は少したじろいだ。

「はい。そっ、そうでーす!」

「よかったー。お待ちくださいね、そちらへ行きますから」

そう言っておいてから、男の人は、サクサクと足音をさせながら軽快に丘を下りてくる。よく見たら、田んぼに沿ったあぜ道が丘の上にまで続いている。

「初めまして。中尾芳也(なかおよしや)といいます。山本先生から、君がいつか来るかもしれないと言われていて、たまたま草取りに出たら、ご本人がいるではないですか。びっくりしました」

「すみません、教会の、外観だけでも見ておこうと思って……」

「謝らなくて、大丈夫ですよ。こちらこそ、わざわざありがとうございます。やや汗をかいていますね。ここは暑いです。ほら、こちらへどうぞ」

中尾牧師が指差したのは、あぜ道のかたわらに生えた、背の高い木である。その木蔭に、平らな石が二つ並んで置かれている。

「腰掛けて休憩するために、田んぼの持ち主の方が、わざわざ置いておられるんです。少しだけお借りしましょう」

誘われるままに、二つある石の片方に腰を下ろせば、木蔭の涼しさが相まって、汗が引いていくかの心地がした。思った以上に、汗をかいていたらしい。

「涼ったら。やっぱり、水筒があったほうがよかったわね」

素足のまま草を踏みしだいて、ラファが話しかけて来る。自宅にいたはずの彼女がここにいて、こちらへ笑いかけている。

「ふう、……ああ。君の言う通り、水筒を持って来たほうがよかったね」

「そうよ。熱中症で、倒れてしまうわ」

「うん」

中尾牧師のほうを振り返って、私はハッと我に返る。

ラファの存在は、幻覚だ。いや。私にとって彼女の存在は現実なのだが、他の人からはむろん、見えない。

幻影であって、この世に実在しておらず、永ちゃんや菅野さん、そして山本先生くらいにしか話したことがない。そんなラファなのに、中尾牧師の前でつい、私は彼女の語りかけに返事をしてしまったのであった。

喉の奥がめっぽう渇いて、言い繕いをしようにも、言葉がまるで口を衝いて出ない。

「そうですね。ラファさんが言う通り、今日は水筒を持って来たほうがよかったかも知れませんね」

にこにことして相好を崩しつつ、中尾牧師は頷く。

「えっと、ハイ。ありがとう、ございます」

「すみません。ラファさんのこと。山本先生にお伝えいただいていたので。悪かったです」

「いえいえ、こちらこそ。よく聞いてくださっていて、私は嬉しいです。ええと、その。……山本先生からお伝えいただいてることを、あの、私のことなんですが。すみません、言ってることがまるで纏まっていません」

胸の奥がどきどきしている。

はからずも、ラファに返事をしたというだけじゃない。

ラファはしばらく中尾牧師の顔を見ていたが、つまらなさそうな表情で、家の方へ歩き出した。

ラファのそんな素振りが他の人に見えるわけはない。だから、彼女のふるまいが、中尾牧師に対し、何か失礼なことでもあるかのように思われるというのは、どうにもおかしいことである。恥ずかしさにも似た、落ち着かない心持ちがする。

「おっ。その冊子、読んでくれたんですか。いやあ、ありがとうございます。それ、全部私が作ってるのですよ」

「へえ」

　生返事になってしまった自分の言葉を打ち消すように、首を振る。そうして、中尾牧師の方を見た。

「あ、その。キリスト教には、えっと、私、あまり詳しくなくて。まずは、その、いろいろ知るところから始めたいと思っています。友人が……」

　息急き切って話すわりに言葉がつかえて、苦しい。大きく深呼吸して気持ちを落ち着けてから、カバンに入れていたメモ帳を取り出す。

　こらーる岡山診療所を受診した後で、また、永ちゃんと教会へ向かった後に、私なりに思索した内容を書き付けたメモ帳である。

「……聖書のことを、幼いころに勉強しました。ええっと。親の、影響です。最近、亡くなった友人が遺した聖書を読み返していて、気になったことがあって」

「ほう。話してみてくれませんか。もしかしたら、お答えできるかもしれませんから」

「はい。幼少期に聞いたことがあるのですが……聖書でアダムとイヴが食べた木の実というのがりんごで、その話、セックスを意味してるのですよね？」

　これは、文再先という教祖の老人が強調していた内容であって、韓国で暮らしていた時、いやというほど聞かされた話でもある。父や母からも聞かされた記憶があり、本当に辟易(へきえき)する。性に関することだから余計に、である。あるいは、文再先の言葉が人間の犯した原罪について語るものだと、何となくではあれ、感じ取っていたのかもしれない。

ともかくこの話は、不思議に私の記憶に残っていた。

ほんのわずかの間、中尾牧師の目が大きく見開かれたのが見えた。

私は間違ったことを言ったかもしれないと身を固くした。人の目が見開かれるのは、驚いたり、不思議がったりと、不意に気持ちが高ぶったことの表れだと、自分では思っているからだ。

思わず目を伏せる。少しばかりの沈黙の持続に違和感を覚えて顔を上げたら、中尾牧師は、目線を合わすように首をかしげる。彼はなぜか微笑んでいる。

「実を言うとね、りんごかどうか、どころか、何の木の実なのだか特定はされていないいんです。聖書がいろんな人に何百年も読み継がれて、それでも決着していません。決着していないので、その箇所の正確な意味を、誰かが決定することもできないいんです」

胸がぎゅっと詰まるような感覚がする。あんないかがわしいカルトなぞ、まるで信ずるに値しないと思う。でも、気持ちのどこかで願っていたのかもしれない。ひとかけらの本当がどこかにあって、だから父と母は結婚したんだ、って。

嘘の中で二人は結ばれ、そこから私たち兄弟が生まれたというのだろうか。

足元から冷たい海の水がひたひたとあがってくるような、そんな気分である。

「よかったら、また話しませんか？」

「え？」

うんうんと頷きながら、中尾牧師は私に名刺をくれた。受け取ると、メールアドレスに携帯電話の番号、といった連絡先が記されていた。

メモ帳に書き付けた質問は他にもあった。しかし、質問と呼ぶにはあまりにも纏まっていなくて、口に出す気になれない。そのことを、見透かされている気さえする。

「今度の日曜日には勉強会を開きます。初心者向けの勉強会ですから、もしよろしかったら、顔を出してください。もちろんそれ以外にも、お話ししたいときは、この電話番号へ連絡してください」

「は、はい！　あの、でも、本当にいいんですか？」

「メモを見れば、勉強家だってすぐに分かります。でも、だからこそ、聞きたいことが纏まってないのかも、と思ったんです。だから、気兼ねなく、どうか、電話やメールで声をかけてください。いつでもお力になりますから」

「……ありがとうございます。その、勉強会については、か、考えてみます」

「ええ。詳しく知りたかったら、ぜひとも、いつでも連絡してくださいね」

ゆっくりと立ち上がった中尾牧師に続き、私も立ち上がる。足元まできていた冷たい海のような、ぐらり、と揺らいだ感覚はまだあるけれど、もしかしたら。

（決めつけちゃいけない。あの教会で、男の子が声を上げた時……私は怒られると思っ

た。でも実際は、そうじゃなかった。なら今も……一つが違ったからと言って、全部が違うとは限らない）

受け取った名刺をカバンにしまい、私は中尾さんの方を見た。

「あ、ありがとうございます。中尾牧師」

「ええ。それじゃあなっちゃん、また、もしよろしかったら、お会いしましょう」

頭を下げて、私は来た道を歩き出す。草木が揺れる、空がめぐる。いつになく、さわやかな心地になりながら、私は家に帰った。

＝＝＝

お茶用に沸かしたお湯が、冷めていく。

「ねぇ、涼。朝ごはんは作らなくていいの？」

「……ごめん、ラファ、なんでもない」

「話になってないわ、ねぇ」

ラファの声が……なぜか、妙に、煩わしい。

冷蔵庫に入れておいた麦茶を使って、朝の薬を急いで飲んだ。喉に錠剤が貼り付いて、ウグッ、と変な声が出たので、麦茶をコップにもう一杯飲む。

時計の針がさらに進み、沸かしたお湯は水になった。室内は、外ほど不快ではないにせよすでに汗ばむほど暑く、薄着を選ぶ。靴下を履き終えて、私は昔ながらの深い玄関三和土に降りて距離を取る。ラファの声を、聞きたくない。でも。

（ラファは私が考えて、見ている存在で、でもそこにいて、だけど、どうやったら……会わないように、できるのかな）

永ちゃんにもらったスニーカーに、足を突っ込んだ。


「ねぇ、涼。まって……！」


ラファの声が、どうしてこんなにうるさく聞こえるんだろう。

心臓が痛い。息が詰まる。胸の鼓動が急にどくんと跳ねる。震える手を押さえつけながら、私は玄関に鍵をかけた。窓も締めた、間違いない。そして。

私は庭の雑草を蹴って、走り出した。青臭い匂いが立ち上る。普段、走ることなんてめったにない私は、ぐっ、と喉を詰まらせた。道には人気がない。私は思い切って、老人の隣を走り抜ける。幸い、一般的な出勤時間とはずれている。見知らぬ老人が一人で散歩をしているくらいだった。

飛び込むように角を曲がると、バスがもうすでに停車しているのが見えた。永ちゃんのくれたスニーカーがなければ、間に合わなかったかもしれない。肩で大きく息をつきつつ、整理券を取りながら、バスに乗る。私以外には、乗客は五名だけだ。席は十分空いていたので、前の方の一人用の席へありがたく腰かける。少し硬い椅子の質感が、私をしっかりと受け止めてくれた。

するとバスのドアがプシューッと音を立てて閉まり、体を左右に揺らすような振動の後、ゆっくりと動き出した。

たしかこの時間のバスは、岡山市内に向かうはず。市内なら、家を買う前の手続きなどで、何度か向かったことがある。それなら、家に帰ることだって大丈夫なはずだ。

運転手のアナウンスが聞こえてくる。

「……――のため。えー、このバスはお乗り換えが必要です」

バスに乗れた安堵感と心地よい揺れで、眠くなっていた私は、ウトウトとしながら聞いていた。上下に揺れるバスの車窓から見える景色が、次第に街中に変わっていくことに安心してしまい、私は目を閉じる。

（だめだ、眠い……）

ここ数日は、妹の手紙のことや、聖書を読むことに打ち込んでいたせいで、すっかり寝不足だった。ただ、そのかいあって妹あての手紙は、私が韓国で育った時の出来事について、だいぶ書き進めることができている。

（やればできるんだ……自分も……。だから、ラファのことだって、自分が……）

とろん。

瞼が落ちて、眠たくなった。

どのくらい、時間が経ったのだろう。まずい、と背筋を凍らせながら、慌てて瞼をこじ開ける。そして、私は自分の「疑問」が間違っていなかったことを悟った。

窓の外に広がるのは、確かに緑あふれる光景だ。川辺が広がり、水音が聞こえそうな、里山の光景。しかし先ほどまでの景色は、街中に向かっていたはず。

（……これ、知らない路線だ！）

次の停車地を聞く間もなく、大急ぎで、バスから降りる。料金は手持ちのお金で足りたが普段使うよりも、倍も高い。

「こんなふうになるはずじゃなかったのに……。えーと、反対路線は……」

バス停の小さな貼り紙に目を凝らす。日に焼けて、黄ばんだものだ。一行、一行、上から読んでいく。すると、ぱっ、と目に入る時刻があった。

「午後四時……ええっ⁉」

何度読んでも、目を凝らしても、確かに午後四時だ。

町へ帰る方角のバスに乗るには、ここで六時間も待ちぼうけになる。辺りを見回して、それはそうかもしれない、と内心で納得した。

何しろ、民家はあるが、ほとんどは駐車場を持っているような家ばかりだ。車がないと、ちょっとした買い物はもちろん、通勤も通学も難しいだろう。バス停から見ると、遠くに錆びだらけの古びた看板や、車がよく通る道路も見える。

ぐるぐるとあちこちを見回して、

（そうか。このバス停……。確か足守の近くだぞ）

と、気が付いた。

以前、といっても三年以上前のこと。永ちゃんと菅野さんと一緒に、足守のホタルを見に来たことがあった。確かその時は、こんな道を通って、街の方に近いバス停に乗り込んだんだ。

なら、ここから見える大きな川沿いに下って、バスに乗れば、まず家に帰れるだろう。でもそれには、時間がかかるし、何より手持ちがほとんどない。となると、より家に近い場所にあるバス停まで歩いて、少しでもお金を節約しつつ、家に帰るための道を模索するのが、ひとまず良さそうだ。

もう一つ、誰かに迎えに来てもらう、という方法もある。でも。

「まいったなぁ……」

思わず、道端で足を止めた。

（どうしよう……）

山本先生に電話したらいいかもしれない。でも、先生が診察中なら、今、受診している人は待ちぼうけになってしまう。永ちゃんは……この前、車で風邪薬を見かけたし、頼ってしまうのは申し訳ないけれど。

背に腹は代えられない、とも思った。歩いて帰宅するには、どれほど時間がかかるか分からない。

第一章　靴

「ごめん、永ちゃん」

申し訳ないと思いながら携帯電話を開くと、圏外、と表示が出た。思わず、空を仰ぐ。忌々しいほどに、青い。

「やっぱり、歩くしかないか……」

整備された川沿いの道の向こうに、橋がかけられているのがふと見えた。右手側に広がる山沿いの小屋から、ちょうど道が下っているのを見る限り、山の集落に住む人たちが生活する中で使ってきたものだろう。

川沿いに続く草原と田んぼの間を、川下へと向かって歩いていく。

私は誰かに頼らないと、生きていけない。そう思っていたし、そう分かっていた。

だけど、いざ頼ろうと思うと、どうしたらいいか分からなくなる。

そんな自分を改めて突き付けられた思いがして、気が重くなった。

子どものように手を振り回して、地団駄を踏みながら喚(わめ)き散らしてしまおうか、なんて。考えてもあまり意味のないことを、頭の中がくるくると考えては、ふわっ、と消えていく。

ざーっ、と耳の周りに血が激しくめぐる音が、急に鳴り響いた。

「……っ!」

胸のあたりが、ぎゅう、と苦しくなる。うまく息を吸えず、何度も息を吐きながら、私は思わず足を止めた。あたりには日が差している。水田は若い苗を揺らし、水面には青空と雲がゆっくりと流れていた。

私の後ろから、夏の気配を含んだ風が吹き抜ける。

「あ……」

右手遠方の民家のカーテンが、揺れた気がした。私が歩く場所とは対岸にある、あちこちの民家から、私を人々が見ているような気がしてくる。体を見下ろすと、背中にどろどろとした汗が流れ、足元も土まみれの男が一人、立っていた。見てくれも良くない、あちこちを歩き回る、困った顔をした男。

皆、私のことを指さして笑っているのではないだろうか。いや、妙な男がいると、眉をひそめて、どこかへ去っていくんじゃないだろうか。

吹き抜ける風が、急に恐ろしくなる。誰かに見られている気が、してくる。

思わずその場から私は、走り出した。背中にどろどろとした汗が流れて、わきの下が冷たくなる。息がしづらい。それでも、走る、走り続ける。

通り過ぎる民家から強く視線を感じ、私は思わずそちらを見た。誰か、いる気がする。

「はっ、はっ、はあっ……!」

恐怖感が腹の奥底まで込みあがってきて、ぐるる、と嫌な音を立てた。胃が痛いのは、急に走ったから、というだけではない。私が、怖がっているからだ。

誰かに何か言われ、あちこちから指さされているような感覚が、背を襲う。

急に、視界の左側が、途切れた。

「っ……！」

それは、橋だった。橋の下には、清流と表現するのが似合う透明度の高い水が音を立てて流れ、湿った木々と土の臭いがする。

そうだ、さっき、目指そうと思った橋じゃないか。

私は、橋へ足を踏み入れた。走って渡りきると、車が通るような道路が見える位置に来る。

「な、何か……ないかな……」

思わず私は、メモ帳をひらいた。何か、自分の気持ちを落ち着かせる手掛かりがあるかもしれない、とすがるような気持ちだった。

それにメモ帳を読んでいたら、誰かに見られても「何か探し物かな？」と思ってもらえるかもしれない。

ぱらり、と真新しいメモが出てくる。地面に落ちかけたそれを、慌ててキャッチした。

「あっ……な、中尾牧師」

いつでも電話をかけてください、と言ってくれた中尾牧師。あの、教会の牧師だという、中尾牧師。山本先生も信頼している人。

「そっか、中尾牧師になら、頼っても……」

だけど、中尾牧師に頼ってしまってもいいんだろうか。でも他に方法はない。

ここがどこなのかも、分からないのだし。

「よ、よし……ええと。番号は」

中尾牧師に教えてもらった電話番号を無事に入力して、それから全く携帯電話がつながらないことを思い出す。そうだ、ここ、圏外だ。

「……あっ」

首を巡らすと、少し先に公衆電話があるのが見えた。

藁にもすがる思いで道を急ぐ。転びそうになるのをこらえるたび、足が痛んだ。せっかくの新しいスニーカーは、道を駆け下りたせいですり減ってしまった。

やっとの思いで公衆電話にたどり着く。透明なガラス戸を開けると、むわり、とした空気が顔に当たる。真っ青に変色した電話帳は、数年前のものだ。

受話器を外し、メモ帳を頼りに電話番号を押した。

公衆電話がつながらないことに、ハッとする。しまった、お金を入れていなかった。前は使えることが当たり前だったのに。いまやすっかり使い方を忘れていた。

慌てて受話器を置いて、一からやり直す。呼び出し音が三度響いて、すぐ。

「はい、もしもし。わたくし、中尾ですが」

「中尾牧師！　あの、な、夏春です！　夏春涼です」

合点がいった様子で、中尾牧師が声を上げる。

「なっちゃん。公衆電話からですか？　どうなさったんですか」

受話器の向こうから、何かページをめくって調べるような音が響く。

「申し訳ないね。コレクトコールのやり方、分かりますか？」

「え？　コレクトコールって、たしか、電話をかけた先の人が通話料を払うやつですよね」

「そうそう！　いったん電話を切ってから、一〇六番にかけてみてくれますか？」

「ひゃ、一〇六番ですか？　分かりました」

　言われるがまま、私は受話器を置いた。口の中で何度も、一〇六、と繰り返しながら番号を押す。すると、どこかのコールセンターのようなものにつながるのが分かった。

「お電話ありがとうございます！　コレクトコールです。どちらにおつなぎしますか？」

　滑らかなオペレーターさんの案内に、吃(ども)りながら中尾牧師の連絡先を伝えると、数分も経たないうちにまた、中尾牧師につながった。

「いや、申し訳ない。それで、どうしたんですか？　何か大変なことがあったのでは」

　通話時間を延ばすために、追加する予定だった百円玉を強く握る。それは、ぼんやりと温かくなっていた。

「実は……今朝、衝動的にどこかへ行きたくなって、つい、バスに飛び乗ってしまったんです。バス代はなんとか間に合いましたが、家に帰るにはあまりに遠い所に来てしまったみたいで、その、帰れなくて。携帯電話も圏外で、もう、どうしようかと」

「そうでしたか。でも、ちゃんと電話してくれて嬉しいです。……そうですね、何か居場所の手掛かりになりそうなものは？　私の方から、山本先生と連絡を取りますから」

なじみのある名前が出たせいか、ほっ、として私は周りを見回した。

「あの。昔、そう、ずいぶん前に、友人ときた足守に似ているんです。右手に川があって、その近くにある公衆電話から電話をかけていて、あっ、ずいぶん遠くですが、と、トンネルも見えます。片側だけ山の斜面に囲まれていて、とても大きいです」

「ふむ……だいたい分かりました。そのトンネルを目安に、歩いて行ってください。そのあたりなら、携帯電話がつながるはずです」

「ありがとうございます……あの、あ、ありがとうございます！」

思わず同じことを繰り返してしまった私を、中尾牧師は笑わなかった。

「大丈夫ですよ。怪我をしてはいけないですから、がんばって」

「は、はい。そ、そうだ！　あの、山本先生は携帯電話を所持していない日があります。車に置き忘れるとかで。」

「ああ、なるほど。いつも診療所の受付に言付けをしていたのですが、それなら納得です。でしたら、トンネルを目指してください。その近くにトンネルはいくつかあるのですが、君が歩いてきた道からすると、一つしか思い当たらないので」

電話口で頷いて、私はあわてて声に出す。

「分かりました、ありがとうございます」

私は中尾牧師が受話器を下ろすのを待って、電話を切った。電話ボックスから出て、気持ちを落ち着けてから携帯電話を開く。

第一章　靴

まだ圏外だけど、さっきよりも不安じゃない。

トンネルを目指して歩いて行くと、だんだん、気持ちが落ち着いてきた。

五分、十分、歩く時間が長くなるごとに、妙ななつかしさを感じる。

（やっぱりここ……見覚えがある）

「蛍を見に行こうじゃないか」

元気よく言う菅野さんが見せてきた新聞の切り抜き、蛍の記事を思い出す。

ここに永ちゃんと私、そして菅野さんの三人で来たのは、菅野さんが生きていたころの話だ。そのころと変わらない、深い山々の広がる中に、昔ながらのトタンで覆われた三角屋根がいくつも見える。澄んでいなければホタルが生息できないといわれる清らかな川がとても近く、水のせせらぎが常に聞こえていた。

次第にトンネルが近づいてくると、二車線の道路に車が走るのを目にする機会も増えてきた。あのトンネルは「弘安トンネル」と言うらしい。両側にこんもりと山があり、周辺には錆の付いた看板やら、どこかの政党のポスターやらが見えた。

汗がだらだらと出てくる。背中にシャツが張り付いては、吹き抜ける風のおかげで少しだけ気分が晴れるとともに、急に疲労が足を襲った。私はそこでようやく、自分が汗もたっぷりとかいて、足元がドロドロに汚れていることを自覚する。せっかく、永ちゃんに買ってもらった靴を、すっかり台無しにしてしまったことに、肩を落とす。

道は、まだ続いている。十分以上、もう歩いているんじゃないだろうか。両足のだるさを感じて、頭を高く上げて左右を見回す。青色の自動販売機が、遠くにぽつんと立っているのが見えた。思わず駆け出して、そちらに向かう。耳の奥まで足音が響いて、やっとたどり着いた。

自動販売機のボタンを右から左へざっと眺めて、一番安かった水のボトルを買う。百円玉を入れて、落ちてきたボトルを手に取る。指先が痛くなるほどに冷たくて、身体が熱を持っていたことを実感した。ふたを開けて、口をつける。じゅわっ、と細胞中に水がしみわたり、生まれて初めて自分の手で育て上げた野菜を食べた瞬間のような、あの何とも言えない幸福感が舌を楽しませる。

一気に半分ほど飲み干して、胃の中が冷たくなった。

「……あ」

携帯電話に着信が入る音がする。さすがに車が通るような道まで出たおかげで、圏外を脱したのかもしれない。見ると、永ちゃんからのメールが入っている。

『昼飯食べた？　俺は焼きそばにしたよ』

日常の断片のような「焼きそば」というワードに、妙にほっとした。

もう一度、私は歩みを進め始める。今はひとまず……家に帰ることを、考えないと。

それからもう十分は過ぎただろうか。やっとたどり着いたトンネルには、左右に歩道があった。それでも、堅牢(けんろう)なガードレールがあるわけではないから、車に気を付けながら歩みを進める。

遠く、光が見えた。

何でもない、トンネルなら当たり前にみられるような光景。

とーんとん。たーんたん。

足音がトンネル内に反響し、時たま、車が横を通りすぎると風と共に音が鳴り響く。

トンネルを自分の足で歩くのは、いつ以来だろうか。響き渡る音を感じていると、ふっ、と妹の手紙のことを思い出した。

「……うん、ちゃんと、書けているよな」

苦しい思いをしながらも、私は妹のためにできることを、やれている。決して良い兄ではなかったし、何より、兄らしいことは何もできなかった。

ハムスターを優しく撫でていた妹の顔。

中学生の時に、好きな音楽を聞きながら、枕を鼻血で濡らすまで泣いていた。暗くて、空気が通らなくて、夏はひどく蒸し暑い部屋が、唯一、私が逃げ込める場所だった。妹や弟たちが好き勝手に、家の中を歩き回れていたのに。

「……あれ？」

なぜか頬に、涙が伝った。ハムスターを見る妹の顔が、柔らかく笑っている。でも、私が覚えているのは、その妹だけなのだ。私が暗闇に自由を見出していた時、妹は輝く小さな命に笑いかけていた。

今の彼女を私は知らない。手紙の中から、過去への恐怖と両親への疑念を私にぶつけてきた妹は、本当に、ハムスターを抱きしめていた妹なんだろうか。

彼女はいったい、何者なのだろう。本当に私が知る、妹なんだろうか。

いや、私を兄と呼んでも、平気なのだろうか。私が手紙を返したところで、彼女が両親との接し方を考える中、もしかしたら両親に手紙を見せてしまうかもしれない。

私の考えを、私の必死の手紙を、父が笑う顔がなぜか思い浮かんだ。

あの日、少女を守れなかったと泣いた私を笑った、父の顔。

「は、ははは……！」

父が笑っているのは、私を褒めるためではない。父が笑うのは、弟や妹たちのため。そして、自分のためだ。

トンネルの橙色の光の下に、車の白や赤、黒の色が光った。歩いていく私のかたわらを、綺麗に磨き上げられた軽自動車や、荷物を運んでいる最中らしいトラックやら、農業用の軽トラックやらが通り過ぎる。

皆、やるべきことがある。皆、自分の生活のために必死に生きている。

では私が妹に手紙を書くのは、いったい何のためなんだろう。

「妹の、ため……？　そんなの、そんな、なんでじゃあ私はこんなにも、追い詰められているんだろうな。なんで、なんでこんなの、そんなにがんばって、なんで……」

どうしてがんばっているのか、どうしてこうも苦しんでいるのか。

真っ暗なトンネルとじめじめとした空気の中を、私は歩いている。私の生涯は、数えるばかりの灯りを除けば、いつもこんな暗闇の中だった。ラファの笑う顔もない、永ちゃんや菅野さん、先生もいない、じっとりと湿度の高い暗闇の中で、手に触ったものはどんどん、消えていく。

私は、分からない。もう、分からない。投げ出したい。今すぐにでも、この車列に飛び込んだら、何にも考えなくて済むだろうか。いやいや。だって、皆がんばって生きているんだ。

じゃあ私は、何をがんばっている。そもそも、「がんばる」ってなんだ？

「……あ」

大きなダンプカーが、うなりを上げて通り過ぎる。巨大なタイヤの黒い色が、強く見えた。

妹のことも、父のことも、母のことも、何より私自身のことに対してこれ以上、怒ったり、悩んだり、悲しんだりしないでも、いいだろうか。

生きていく、ただそれだけを繰り返す日々を、終わらせられるだろうか。

トンネルの中の暗く重い空気が、ふっ、と逆向きに吹き抜けるのを感じた。周囲を包む光の量が増えていき、目の前がほんの一瞬だけ、光を目の網膜が正確にとらえるために、暗くなる。

右目が、先に光に慣れた。次に、左目が光をとらえて、両目で像を結ぶ。

「おーい……」

声が聞こえた。耳によくなじんだ、人の声。

トンネルの出口から少し離れた所に、見覚えのある軽自動車が見えた。

「おーい。おーい。夏春君！」

光を背に、山本先生が手を振っている。

「ああー、よかった。行き違いにならなくて！」

待っていてくれた、先生が。

トンネルの外に、先生が立っている。

ただただ、歩くだけの私を待って、先生がそこに居てくれた。何もない、無駄ばかりの私を、先生が待っていてくれた。

優しく笑う顔は、目は、私だけに、向けられている。そっ、と差し伸べられる手は、いつもの診療中と変わらず、温かくて、優しい。

「中尾牧師から聞いたんだ、いやいや。遠くまで来たねぇ」

何度も息を吸って、か細く、私は答えた。

「本当にありがとうございます……すみません」

「すれ違わなくてよかったよ。さて、乗って」

先生の車に乗り込むと、安心感からか深く、ため息が漏れた。

「足守は蛍の名所だからねぇ。バスはあるけれど、時季を過ぎるとめったに、人がいないんだよ」

山本先生の声に頷きながら、ふっ、と思い出す光景があった。

鼻孔に、軟らかな土の匂い。永ちゃんと菅野さんが、笑っている。

思わず顔を上げると、足守の暗闇に、メロンソーダ色の光が見えた。それは眠いときの目のように、一定のリズムを刻みながら緩やかに点滅している。震えるように発光し、ゆっくりと飛び立つ蛍たち。暗闇に、幾条もの光が生まれて、消えていく。

ああ、そうだ。

川のせせらぎに紛れて、風のざわめきが聞こえた。夜風が運ぶ夕餉（ゆうげ）の香りと共に、小さなメロンソーダ色の輝きが、きら、きらきら、光っていた。

——蛍だ。蛍が飛んでいるんだ。

そう気が付くと、視界に飛び込んでくる蛍の光が一気に増えた。心地よかった夕餉の香りは、あっという間に清流の凜とした空気に押し流される。

空気を吸い込む。湿度の高さと共に、草の香りや土の芳香、形容しがたい匂いが一度に感じられた。

その間にも、蛍たちは輝き、燦（きら）めき、ゆっくりと飛び立つ。

蛍たちは、輝けるようになってから、生まれてからほんの一週間ほどしか生きていられないらしい。その短い生涯の最後に、次の世代へ命をつなぐために懸命になる。

生き方の違う人間と、虫を比べること自体、違うのかもしれない。それでも、思ってしまった。

(自分は……いったい何のために、懸命になれるだろうか。ううん。懸命に、生きていくこと自体を願えるのだろうか……)

私は何かを探している。

私は、何かを求めている。

でも、何を？　どんな、ものを。

「あの、先生……今日、中尾牧師に電話をかけたの、その。中尾牧師から、いつでもどうぞ、と電話番号を教えてもらっていたからなんです」

「おー。そうか。そうか。それは、君が知っていること、頼ろうとできる方法が、増えたってことだなぁ」

「頼ろうとできる、方法……」

「うん。自分だけでもない。三宅君のように、これまですぐそばにいてくれた人でもない。中尾牧師はつい最近、私からの勧めだったとしても、君が決めて会いに行った人だからね」

車の左右を、民家が通り過ぎるのが増えていく。私の足よりも何倍も速く、車は街へと、私が暮らす家へと、向かっていく。

「先生。私は、過去にばっかり、とらわれていると、思っていたんです」

ぽつりと呟くと、山本先生がからりと笑った。

「意外とそうではないと思うなぁ」

「ええ。そんな、気がします。今は、します……」

車の中にある、小さな時計に目を留める。午後二時、ひときわ強く照り付ける日差しの中、快適な車内にいられることの喜びを、私は深く、かみしめたのだった。

「山本先生…」


「何かね？」

山本先生は薄目でこちらを見た。


「どうして虐待を受けた人は、自分の子どもにも虐待をしてしまうのですか？」

山本先生は表情を変えることなく、

「その人の血や肉になっていないからじゃろうなぁ」

と言うと、私の気持ちを察してか、ぽつりと呟いた。

「君は大丈夫だ。君は成長したようだ、何かが」

＝＝＝

迎えに来てもらってから家に着くまで、さらに四十分ほどかかった。

重い身体を引きずりながら風呂場の金盥(だらい)に水を注ぎ、そこにスニーカーを浸ける。

リネンのシャツは汗を吸って、すっかり重たくなっていた。洗濯機にシャツやズボンを入れて、着替える。体はぬるりとするが、風呂に入れるほどの元気がない。何とか気持ちを奮い立たせて、シャワーだけは浴びた。

体がだるい。あまりの疲労に、夕食後服用とされている薬だけを、胃に押し込んだ。

ベッドに転がり込むと、眠気が押し寄せた。目を閉じる。何の色も、気配も浮かばず。ただ眠気だけが全身を包んでいた。

その時だ。

がたんっ、と玄関先から音が聞こえた。

「なんだ……？」

このまま目を閉じて眠るにはあまりにも大きな音にベッドから身を起こし、玄関に出向く。

そこには、白いビニール袋があった。一体誰が、何のために？

おそるおそる開けると、中には湿布薬と靴用の洗剤が置かれていた。

（ひょっとして、永ちゃんが、買っておいてくれたのか？）

永ちゃんは私の遅刻の話を、どこかから聞きつけたのかもしれない。それから私が足守へ向かったことも、ひょっとすれば山本先生から聞いたのだろうか。

私が歩き回り、ドロドロに汚れていく様子を、彼は想像してくれたのかもしれない。

（いや。そうだ……きっとそうなんだ）

それで。靴のための洗剤と、湿布薬を持ってきてくれたのだ。

もう一度靴を磨いて、新しい所へ。もっと素敵な場所へ、歩いていけるように。今まではそれができなくて、自分の気持ちは楽だったけれど、体力や時間は消費されていった。

じゃあ、どうすればいい？

（……変わらなくちゃ。私が、今度は、変わっていくしかないんだ）

再び考え事に囚われそうな自分に、気が付く。それじゃだめだ、と気が付いたばかりなのに。弱い自分を振り切りたくて、私は携帯電話を握った。

誰かに、相談してみよう。誰かに、自分から頼ってみよう。

とてつもなく難しいけれど、相手が動いてくれるのを待とうとするのは、もうやめにしたい。

私は……ちゃんと、生きていきたい。もっと、誰かに頼る気持ちを持ったとしても、前向きに進んでいきたい。

「……お金も、かかる、か」

今回、私はバスに乗った代金は何とかなったけれど、公衆電話から連絡するときに「お金が足りないかも」と心のどこかで考えていた。助けを求めようとする気持ちすら、奪われてしまう。

それに永ちゃんに、いつまでも、何度も頼るわけにもいかない。そのためには……少しでも、自分のために、自分の姿に、お金を使えるようになりたい。

それまで、食事でさえも生きていくためなら節約し、削ることが当たり前だった自分には、初めての衝動だった。

一方で、菅野さんが信じ、頼りにしていた聖書のことも。私の中にある疑問も。自分が思うことを、誰かに話しかけて、きちんと言葉にしたい。

「……三宅商店」

あっ、と頭の中でひらめきが起きた感覚があった。三宅商店は、永ちゃんのお母さんやその親戚が営んでいる。以前、新聞配達のバイトについて永ちゃんから、教えてもらったこともあった。

「……永ちゃんに紹介してもらうけれど、でも」

でも。今踏み出さなかったら、私は……ダメになってしまう気がする。

「大丈夫よ、涼」

ラファが笑う。彼女の声が、嫌なものに聞こえない。

「……うん」

意を決し、私は携帯電話を開く。永ちゃんに電話をかけよう。今日は、前向きに、私から。


【五】


きゅっ。きゅっ。

短い音を立て、長靴の裏で雪が音を立てている。身に着けた藍色の作業服にも雪が付いては、溶けずに下へぽろぽろと落ちていく。

私は軽自動車に積んである荷物を下ろし、三宅商店、という看板が掛けられた店の前に立つ。

唐突な衝動でバスに飛び乗り、盛大な迷子になってから、約半年。

三宅商店で私は、新聞配達のアルバイトに就いていた。夏から冬までこんなにも、時間が早く過ぎたことはない。

「おーう、お疲れ」

運転席の窓を大きく開けて声をかけてきたのは、永ちゃんから見て甥にあたる三宅吉次さんだ。あだ名はヨシさん。

永ちゃんとは、容貌はあまり似ていない。彼より背丈はずっと高く、スラッとしている。タバコも吸わないそうで、香りはいつも柔軟剤が放つようなフローラルな匂いだ。いつも薄いグリーンの作業服を着ている。

でも、笑った瞬間の雰囲気は、永ちゃんによく似ていた。

「あれからもう……半年かぁ」

迷子になって、山本先生に自宅まで送り届けていただいた半年前の日が、本当に遠い日の出来事に感じられる。

「半年って、何が？」

運転席のヨシさんに尋ねられ、自分が思ったことを声に出していたことに気が付いた。

「あ、すいません。……ここにアルバイトに来るようになって、半年も過ぎたなって思ったんです」

「ああ、なるほど。そういや、今日は教会に行く日？」

「ええ。こちらが終わったら教会で雪かきに参加しようと思っています」

手にした新聞紙に雪が付かないようにくるみながら、私は答えた。

先生からのアドバイスと、中尾牧師に助けてもらったこともあり、私は時折、中尾牧師のもとを訪ねていた。ほんの少し話をする程度から始まり、少しずつ、親しみが増えつつある。

教会にはさまざまな年齢の人が来ており、直接話をしたことはないが、顔を見たことがある程度の人も増えていた。

「涼ちゃん。よかったら、俺、教会まで送っていくよ。教会まで、たしか家からだと徒歩でしょ?」

急にヨシさんが言うので、驚いて私は声を上げた。

「え、本当に!」

「嘘でこんなこと言う訳ないだろ? ただ道は知らないから、カーナビよろしく」

いくら仕事が終わった後とは言え、ガソリン代も冬の間はバカにならない。申し訳ない一方で、自分にとってはありがたい話だ。感謝を込めて、ぺこりと頭を下げる。

「もちろん道案内しますよ、助かります」

この後は、夕刊の用意だ。そこまで終えると午前七時くらいになる。いつも遅くても、午前七時半くらいだから、今日は、まあまあいつもと同じくらい、といったところだろう。

「あらっ、おかえりなさい」

声をかけてくれたのは、優し気な顔立ちの女性。彼女は、三宅商店の社長である、サエコさんという女性だ。永ちゃんのお姉さんにあたる。つまり、永ちゃんの甥であるヨシさんの、実のお母さんだ。

「ただいま戻りました」

「社長。これから夕刊の用意をして、それが終わったら涼を教会に送ってきます」

「はぁい、了解」

「あっ、私が。この新聞紙、永ちゃんに届けてきます」

「分かった。よろしくね」

私はすぐに新聞紙を手に、店の外へ出た。三宅商店から永ちゃんが暮らすアパートまでは、さほど遠くない。雪道をきゅっきゅと音を立てて踏みしめながら、金属の階段を駆け上がる。

永ちゃんの家の新聞受けには、ピザ屋のチラシが挟まったままになっていた。

（永ちゃん、寝ているのかな……。そういえばシフト休みだし、寝てるのかも）

そんなことを考えながら、新聞紙を郵便受けへ入れる。少し考えて、ポケットに入れてあったメモ帳を取り出し、素早く文字を書き込んだ。

（『今日は雪が降っているよ。寒いね、気を付けて』……っと）

小さく折りたたんで、新聞紙と同じように郵便受けへ入れた。反応が特にない彼の家へと背を向けて、三宅商店へと戻る。

外の身を切るような寒さに比べると、商店の中は実に温かい。夕刊の用意を始めているヨシさんの隣へ並んで、届け先別に振り分けを始めた。

この時間になると、サエコさんが私たちと交代するように、元気よく働きだす。店の商品を出したり、配達の注文を確認したりと、それは大忙しだ。

とはいえ、そこはサエコさん。七時半を時計が示すころには、空気が緩やかに落ち着いて、店中の仕事がひと段落し始めることを、自分も肌で感じとれるくらいには、朝の仕事が終わり始める。

「よしっ。……涼ちゃん、これでいいよ」

頷いて帰りの支度をする私に、サエコさんが声をかけた。

「はい。ありがとうございます」

「涼ちゃん。今日もありがとうね、よかったらこれ食べて」

そう言って、彼女はコンビニのビニール袋に包まれたものを取り出した。ふっくらと丸い顔立ちに、優し気な雰囲気を併せ持つサエコさんは、よく私を気にかけてくれている。

反射的に受け取ると、冷えた手が温かくなる。

「なんですか、これ？」

「おにぎりよぉ。具はありあわせだけどね」

「何言うんですか。サエコ社長の手作りのおにぎりなんて、またとないごちそうですよ！ありがとうございます！」

美味しそうな、立ち上がる海苔の香りをかいでいると、外からヨシさんが自分を呼ぶ声が響く。

「行くかい？」

頷いた私は、ヨシさんが開けておいてくれた助手席のドアから、中へ飛び乗った。サエコさんが手を振っているので、車の窓を開けて振り返す。

するとおにぎりの良い香りが、いっそうに漂った。ヨシさんが、唾をのむ音が響いた。

「ヨシさん。だめですよ、これは社長が私にくれたんですから！　……あ、この道をまっすぐ行って、突き当たりを右へお願いします」

残念そうに肩をすくめて笑ったヨシさんに、私も笑った。

半年前は、こんな風に会話できる人が、永ちゃん以外にも増えるとは思いもしなかった。

「そういや……聞いたことなかったけど、なんで教会に？　キリスト教に入りたかったから、とか？」

「いえ。……山本先生に紹介されて、中尾牧師に会って、何かと頼らせていただいたのが始まりです。だから、まだ洗礼という、キリスト教徒になる手続きっていうんですかね、そういうことは受けてないんですけど、あれこれ話をしに行かせてもらっているんですよ」

「へぇ。うちのお客さんでも、中尾牧師に世話になっている人がいるよ。勉強会に行くって、話してくれるんだ」

「あ、自分もそうなんです。勉強会にもよく、参加しています」

私がそう返すと、ヨシさんは頷きながら、次の交差点はどちらを曲がれば良いのか、身振りで尋ねてくる。

第一章　靴

「あの交差点、そう。あそこを右に行ってください」

「ああ、海沿いのトンネルの方だな」

この道路は、私が暮らす市の中心部と他の町を、海沿いでつなぐ道路だ。ここを通ればよかったと知ったのは、一度目に迷った後、中尾牧師に教えてもらったためだ。

「ええ、そうです。……中尾牧師が私を勉強会に誘ってくれたのも、私が古い友達からもらった聖書を、持て余していたことを話したのがきっかけなんです。でもたまたま出会った人に『クッキー焼いたり、バザーしたり。あとねぇ、教会にただ来て、本を読んでいるだけだったりする方もいるわね』って言われて、ずいぶん気が楽になりました」

トンネルの中に、車が入った。暗がりに橙色の照明灯がいくつも並んでいる。窓についた雪がワイパーで弾かれて、八の字を描いた。

「――で、涼くんは教会に行くようになったんだ」

ヨシさんの声に、私は意識を切り換えた。

窓の外に、雨はない。あるのは真っ白く静かな、雪だけだ。黒い眼鏡をかけ、ふさふさと拡がる黒髪を乱雑になでつけた、自分の顔が窓ガラスに映って見える。

「ええ……。最初は失敗しちゃったんですよ……。迷子になったんです」

そんなことを話していて、ふっ、と急に、頭の中に一人の人間の形が思い起こされる。

真夏の日差し、白いワンピースと長い黒髪。そうだ、海沿いに立っていた女性が、いたんだ。

——あれはいったい、誰だったのか。

リフォームで、一時的に家を離れていた時。私は確かに、海岸沿いで女性の姿を見た。幻のように消えてしまった、女性の姿。

それこそ、こらーる岡山診療所へ受診した時、待合室で人に相談するくらいには、幻のような女性のことを気にかけていた時期もある。

しかし最近は、こうしてぼんやりと、思い出す程度に減っていた。何しろ見間違いと言われた方が、納得してしまうほどに、あいまいな記憶だったからだ。

待合室の机の上に置かれた将棋盤をはさみ、私から見て右手に座るはっさんがうなりながら、

「どう思う。俺はたぶん、見間違いだと思うんだがね」

と、言った。左側に座るつかさんが、問いかけに頷く。

「俺もはっさんと同意見だよ。ただ……」

「ただ?」

「なんでも、新幹線を使うほど遠くから、ここに女性の患者さんが来ているそうだ。街の人がわざわざ行くとも思えないし、そんな風に来た人か、あるいは旅行客じゃないかなぁ?」

二人の意見には、私も「もっともだ」と思った。

このあたりで、もし海産物を採りたいなら、もっと良い場所が他にある。しかし旅行や用事で訪れていた町の外の人が、海岸を見に行く可能性はゼロではない。

本当に彼女は、あそこにいたのだろうか。統合失調症は幻覚を見せることもある。暑くてぼんやりした私が、何か幻を見たのではないか。

私は車の助手席からふと、外の景色を見た。田んぼのあぜ道のような道が続く中に、ふっ、と人影が見えた。人が歩いているのが見える。こんな雪の日なのに。

（珍しい。でも、あんなふうに……え？）

目を凝らす。心臓が痛いくらいに、ドキンッ、と跳ねた。女性らしい細いなで肩の、スカート姿の人が、歩いていたように見えた。白いコートを着た背中に、黒く長い髪がゆったりと揺れている。

ぱちん。

再び瞬きのうち、彼女は消えた。残るのは、助手席の窓ガラスに映る、目を丸くした自分の間抜け面だけだ。

「……そんな馬鹿な」

思わず、呟く。すると、ヨシさんがこちらを見た。話の途中で、すっかり物思いにふけっていたことに気が付く。慌てて誤魔化すように、

「い、いい曲ですね」

と、言った。

「ん？　おお、そうだろ。『Ｔｈｅ　Ｂｏｘｅｒ』っていう曲だよ」

自慢げに言うヨシさんに頷きながら、私は今さっき見た女性の姿を、できるだけ探した。しかし、もう太陽も昇っているというのに、影すら分からない。

（彼女は現実にいるんだろうか？……）

同じ幻を、二度も見るとは思えない。それに先ほどの女性は、明らかに冬に適した服装をしていた。しかし彼女のことを考えるあまり、自分が勝手に考えた妄想というのも、否定しきれない。

車のスピーカーから、ホルンか、チューバなのか。金管楽器の低い音が流れ出した。私は再び、自分が考えの世界に没頭しかけていることに気が付き、顔を車の進行方向へ向ける。

「あ、そこの看板を」

道案内のことを、すっかり忘れていた。すると、ヨシさんが言う。

「もう分かるさ。だって教会が見えるもの」

彼は迷うことなく道を曲がる。言われてみれば、その通りだった。

長年放置された影響か、錆にまみれた看板の向こう側に、教会の形が半分以上見えている。

その教会を取り囲むように、はらはらと舞い落ちる雪は、一粒を見れば決して大きくはないが、しっかりとした形を持って大地に降りてくる。今日の雪かきは、それなりにかかりそうだ。

中尾牧師がいらっしゃるこの教会は、コンクリートと木材が複雑に組み合っていて、一見すると、こだわりのある建築家が建てた喫茶店のようだ。しかし、直角三角形の屋根の頂辺にある十字架が、厳かに、そうではないことを伝えている。

「本当にありがとうございました、ヨシさん」

助手席から降りて向き直ると、海岸がまた目に入った。

彼女が居ないか、自然と目で追ってしまう。

「……どうした？」

「あ、いえ。何でもないです！　ヨシさん、気を付けて帰ってきてくださいね」

と、中尾牧師がこちらへやってきた。

「やあ、なっちゃん。新聞配達をしていたなら、朝食はまだでしょう？　お茶がありますよ」

「ありがとうございます。あ、そうだ。サエコさんにおにぎりを頂いたんです」

「そうでしたか。休憩スペースに持っていきますから、召し上がってください」

「はい。そうします」

作業着を脱ぎながら、休憩スペースに向かう。光が十分に差し込むように、南向きの壁にガラス戸が大きくあしらわれている。夏ならそこを開けて、縁側で聖書についてじっと考えていたこともあった。とにかく、居心地の良い空間だ。

しかし今は、外を見ると、自然と「彼女」のことを考える自分がいた。

(夏の日に見た「彼女」は、幻？　でもそうだとしたら、冬の「彼女」は……いったい……)

すると、窓の外にある教会の駐車場へ、別の車が入ってくるのが見えた。降り積もった雪の上を、音もなく進んでくる。今まで教会では見たことがない、とても高級そうな紅色のスポーツカーだ。

(つかさんが言っていたみたいに「彼女」が県外からの旅行客なら、もしかしたら……)

かすかな期待と共に、私はスポーツカーの持ち主の動きに注目する。ドアが開き、長い脚が見えた。黒くて、先が尖った革靴だ。

(雪道には不似合いな靴だな……)

降りてきたのは「彼女」ではない。黒髪で背が高く、恰幅の良い、どう見ても男性だ。

(なぁんだ……。誰だか知らないけど……いや、そんな。失礼じゃないか)

私は彼を無遠慮に見ていた自分に気が付き、誤魔化すように、急いでおにぎりの封を開ける。茶緑色のグリンピースがたくさん混ぜ込まれた、豆ごはんのおにぎりだ。

急に空腹を思い出し、私はおにぎりを食べ進める。すると足音が聞こえた。

「はい、お待ちどうさま」

「中尾牧師、ありがとうございます」

受け取ったお茶は、とても温かい。おにぎりとピッタリ合う。

私はもう一度、外の男性の様子をうかがった。しかし彼は車に戻っていく。教会に来た方ではないのだろうか。

お茶を飲むと、ふと思い出したように、中尾牧師が話し出した。

「なっちゃん。オスカー・ワイルドの『幸福の王子』を知っていますか？」

「え？　ああ、はい。黄金の像になった王子が、ツバメにお願いして、体についたいろいろな金銀財宝を配ってもらうお話ですよね」

「彼は生きていた時、すべてが満たされていました」

中尾牧師はそう言って、自分の側に置いた湯飲み茶碗にお茶をそそぐ。琥珀色のお茶が白い茶碗の内側を満たし、たっぷりと湯気をたてた。

「しかし彼は、像になった後に街の悲哀を永らく眺めることになりました。生きていた時、死んだあと、どちらが幸福の王子だったのでしょう？」

その問いかけに、私は食べていた豆ごはんのおにぎりを食べるのをやめ、考えた。

童話の中の登場人物とは言え、王子の存在は自分とは対極的に思える。だって、王子だ。お金はもちろん、地位も権力もある。自分には、無いものばかりだ。

「……そう、ですね。私は彼が、生きていた時の方が、幸福だったと思っています。たとえ街の悲哀を知ることはなくても、彼は満ち足りていた。必要なものは何でも手に入った。お金があったんですから。ならそれは、幸福と呼べるのではないでしょうか」

「なるほど。では王子が、街の悲哀を知ったうえで、生きていくためには、何が必要だったと思う？　それなら生きているうちに、さらに幸福になれたのかもしれない」

「悲哀を知って、生きていく……」

私は幸福の王子が、どのような物語だったかを思い返していた。王子は外の世界で貧しく生きる人々を知らず、非常に美しいものだけを見て、幸福に死んだ。

（あれ？　……それって、本当に幸福に死んだのかなぁ）

何となくもどかしい。言いたいことがあるのだけど、形にならないのだ。私は言葉が喉元から出そうになるのを抑えては、何度か考え込む。中尾牧師は私が答えるのを、静かに待っておられた。

「ええと。王子は、幸福を知っている。知っていたと思ったけれど……本当は知らない？」

「像になり、街の悲哀をたくさん知ることになった王子。でも彼は、ツバメと共に誰かのために満ち足りる行いができるようになった。多くの人を見ることさえなく見捨てていた日々に心を痛められた彼は、幸福とは、悲哀とは、それらを深く、自分で考えられるようになったのです。彼はツバメという共に悲しみ、悩み、うわべだけではない理解者が得られたのですから」

私は、最近読んだ、ヨハネの福音書四章の井戸水の話を思い出していた。人々の前に、二つの水がある。一つは世が与えてくれる水、つまり地位や名誉といったものだ。もう一つは、イエス様その人が与える水だ。世が与えてくれる水は飲んでも、飲んでも、喉が渇いてしまう。でもイエス様が与えてくださる水は、心の内側からこんこんと湧き出てくるもの。自分の内側に存在し、枯れてしまうことはない。

誰かのために身を捧げ、信頼できるツバメという友人を得た王子は、永劫（えいごう）に続く渇きではなく、ずっと満ち足りた気持ちになれたのかもしれない。

（……でも、生きていくには、お金が必要だ。だって、食べていかなくちゃいけない）

じっと考え込む私の口の中で、グリンピースが弾ける。薄い塩味と、お米の甘みが広がった。当たり前の幸せ、と呼ばれるものがとても困難なことを、私はよく知っている。

当たり前の幸せは何なのか、と問うことは簡単だ。人によって幸せの基準が違うことも、当然だ。

だけど……誰もが感じられていそうな当たり前を欲しがることは、悪いことだろうか。

皆が知る幸せを欲しがり、それゆえに渇く気持ちになることは、罰せられるようなことなのだろうか。

「まぁ。私の意見ですからね。本当は生きていたころの方が、王子は幸せだったかもしれません。幸せは、人それぞれですからねぇ。なっちゃん」

思ったより在り来りな意見を述べて、中尾牧師が席を立つ。

「ではそろそろ、雪かきに行きましょうか」

「ええ。お願いいたします」

おにぎりを包んでいたラップを捨て、手袋をはめながら外へ出る。存外、雪が降るスピードは速かった。先ほどまで黒い砂利が見えていた駐車場は、一面が真っ白く雪で覆われている。五センチは積もっただろうか。

ぎゅむぎゅむと音を立てて雪を踏みながら、玄関先に置かれたスコップを手に取る。

あの高そうな車は、まだそこにあった。運転席に座る男性は、スマートフォンを手にしている。中尾牧師に、改まって彼のことを尋ねるのも気が引けた。私はスコップで雪を掘り起こし、運ぶのに集中しようと決める。

雪の中は、音も臭いも少なくなる。ざくざく、と私と中尾牧師が雪を掘る音だけが近くに聞こえるのだった。

＝＝＝

雪かきを始めてから、二十分ほど経った。

「さて……このくらいでしょうか。あとは私たち夫婦でやりますよ」

中尾牧師がそう言って、私の方を見る。すると、その言葉を察したかのように、中尾牧師の奥さんが家の中から出てくるところだった。

第一章　靴

返事をしようとした瞬間、ばたん、と車のドアが開く音がした。

「どうもこんにちは、牧師先生」

「ああ、ケイちゃん。こんにちは、今日は礼拝をなさいますか？」

「いえ。旅行に行ってきたのでお土産だけお渡しに来ました。どうぞ」

降りてきた男性は、やはり、何となくお金持ちそうな雰囲気だった。黒いフレームの眼鏡は、ピカピカに磨かれ、身に着けている服や時計も、有名メーカーのロゴが入っている。

紙袋を中尾牧師に渡す彼から、長居しそうな気配を感じた。

「じゃあ、私はそろそろ、この辺で……」

「君は？　どこから来たの、街へ行くなら送るけれど」

男性に突然言われて、私は彼の顔を見上げた。キリッとした尖った目は神経質そうだ。黒のフレームや、度の高そうなレンズが放つ輝きも相まって、自分より少し背が高いくらいなのに、威圧感のようなものを感じた。

私は、思わず目線を下に向ける。

「わ、私は、えっと。夏春涼と言います」

「そう。自分は関山、関山啓太。街へ行くのなら送るよ。雪が深いし、せっかくここで会ったんだから。初対面だが君もこの教会に来るんだろう？　ならここで会ったのも何かの縁だし」

「いえいえ！　すみません、実はここから歩いて十五分くらいの、郊外にある家なのです。街中ではありませんので、せっかくですが」

私がそう返すと、彼は面白そうに、ふんっ、と鼻の穴を大きくして笑みを浮かべる。

「なぁに、山道も慣れているから任せろよ！　それも面白そうだ」

戸惑う私に、中尾牧師が言う。

「なっちゃん。雪が降りしきっているのは確かですよ。歩いて帰ると怪我をするかもしれないから、ここは甘えてはどうでしょう？」

全く知らない人の車に乗るのは初めてだ。でも、この雪道を行くのが大変なのも分かっている。やはり、でも、と悩む私に、

「ほらほら、乗って。なに、別に靴を脱げとは言わないよ、ほら」

と、関山さんは、強引に背を押してきた。私はそれ以上のことを言えずに、助手席へ乗ってしまう。

「す、すみません。ありがとうございます」

上品な革の座席に、尻が落ち着かない。スパイシーな甘い香りが漂う車内は、異空間そのものだった。

首をひねって中尾牧師を見ると、先生はゆるゆると右手を振ってくださった。手を振り返しながら、私は急いでシートベルトを締めた。

すぐさま、車が動き出す。関山さんは、せっかちな人なんだろうか。

「よし、どこまで送ればいい？」

「あっ。み、道順を言います。すみません」

「いいのさ、いいのさ。それならナビゲーションをよろしく」

関山さんはそう言うと、颯爽と車を出す。エンジンが、ヴヴン、と大きくうなりを上げた。しかし車内が揺れることは無く、高級車らしさを存分に感じさせてくる。

「ありがとうございます、関山さん」

「ああ！　ところで本当に幸福なのは、金も物もたくさんあって、豊かに暮らせるほうだと思うか？」

話のつながりが全く読めず、私は答えに窮した。関山さんは私の返事を必要としないかのように、勢いよく話し出す。

「知ってるか？　内閣府の調査によると、結婚している連中は年収三百万円を超えるほど、多くなる。つまり、金があれば結婚もできる。結婚後も愛が潤う、なんてこともあるかもしれない。好きな時に酒が飲めて、流行の服だって買えるだろう。気が向いたら勉強して、人生をやり直すことだってできる。金っていうモノはその価値に留まらず、心も豊かになる。財産があるというのは、そういうことだ」

私はここまで聞いて、もしかして、と思った。

お金と愛情の話。

（ひょっとして彼は……　私と中尾牧師の話を、聞いていたのかもしれない）

言葉を返さない私に関山さんは、なぜか気を良くしたらしい。笑顔のまま、突然言い放った。

「空腹だ。空腹はダイエットにはいいが脳には良くないな。コンビニに寄ろう」

「あ、あ、はい……」

そのまま車に乗って待つのも、居心地が悪い。道中のコンビニに車を停めた彼の後を、私は追いかけた。

コンビニに入った関山さんは、値段も見ないで商品を手にとっては買い物かごに入れていく。

新発売の、実に高そうに感じられる、有名パティシエとコラボレーションをしたチョコレートケーキを二箱。

クリームがたっぷりと入った菓子パンを、味が違うものを三つずつ。

酒屋で買った方が安そうな、鶴山ピュアモルトというウイスキーのボトルを三本。

金色と黒色で色彩られた、高級感のあるパッケージのお惣菜が五種類。

驚きのあまり、私はうっかり、商品ケースにぶつかりかけたほどだ。それくらいすごい勢いで大量の商品を選ぶと、レジに向かう。

「カードでよろしく」

これもまた、私には無縁の支払い方法だ。

関山さんは慣れているのだろう。コンビニで買うには高すぎる金額を支払い、品物を手に車へずんずんと戻っていった。車に戻った彼は早速、菓子パンを取り出し、大きく口を開けて、かぶりつく。

「それで、どっちに行くんだっけ？」

「え、あ、はい……ええと」

道順を示すと、機嫌よさそうにパンを手にしたまま彼は車を走らせる。スムーズかどうか、と言われると少し悩んでしまうが、ともかく道路交通法は守っている様子だった。赤信号になった交差点で、関山さんが言う。

「大学はどこ出身だ？　地元はこのあたりなのか？」

信号が変わるまで、ほんの時間つぶしの、何気ない質問のつもりだったのかもしれない。しかし、彼が繰り出した質問に、私はつっかえながら答えた。

「す、すみません。恥ずかしながら、いろんな事情で中卒で、高校にも通えていないんです。地元は……ええと、ここからは遠いです、ね」

「……そうか。俺は慶応義塾大学を卒業しているんだ」

「へぇえ、すごいですね！」

「まあな。ところで、中尾牧師に会うきっかけは？」

それから私は、中尾牧師に出会ったきっかけを話しつつ、道案内をした。やがて家に到着する。私が車から降りて「本当に、ありがとうございました」と言いながら頭を下げる。

「ちょっと降りてみてもいいか？　面白そうな家だし」

関山さんの言葉に、私は気圧されるように頷いてしまった。

庭へ乗り入れるように車を駐めてもらうと、彼は我が家の様子を、何か面白いものを見たように眺めている。

永ちゃん以外に、家に人が来ることはそう多くない。お茶を用意した方がいいだろうか。お茶菓子は買ってないな。など、あせって考えていると、関山さんが言う。

「ふうん。こりゃ傑作だ。古民家という単語の横に並べてもいい」

「そう、ですか？」

玄関の土間から、勝手に部屋に上がりかけた関山さんが、ふと足を止めた。

部屋の中央あたりに、キャンバスを立てかけたままになっていたことに気が付く。

「あ、あー、ごめんなさい。その、絵が、趣味で、あの」

しどろもどろになりながら、私はあわてて絵を隠そうと家に上がる。すると、しばらく黙り込んで絵を見つめていた彼は、急に大きな声でこう言った。

「それより夏春君！　また今度、晴れた日にでもドライブに付き合え！　お前に哲学と論語を教えてやる！　ほらこれが俺の名刺だ」

驚くあまり、渡されるがまま名刺を受け取った私に、関山さんは真剣に言った。

「貧乏人はがんばれば金持ちになれると思っている。だが、貧乏人がジャンプをしても届かないような、絶対的な位置というものを、世の中の上層階級は計算して夢を見させているんだ。……でも、そんな幻想と自分で得る知識は違う。思想は違う。才能の壁はあるが、壁に当たるまで誰だって取り組めるんだからな」

「……ありが、とうございます」

私が思わずそう答えると、彼は右手を上げ、ニヤリと笑った。そのまま車に乗り込み、やはり少しだけ危なっかしさを感じる速度で車を庭から出すと、市内の方へ走り去る。

（……なんだかすごい人に知り合っちゃったな）

唖然とする私の肩へ、雪は慰めるように降り積もっていく。

はっ、として、私は急いで家の中へと向かった。さすがに外にずっといては、体が冷えてしまいそうだ。

家の中に入ると、三宅商店の荷物箱が見えた。その上に、きらきらとした笑顔で、ラファが現れる。

「おかえりなさい、涼」

優しい声に、私は頷いた。

「ただいま、ラファ」

思わず返事をして、ふ、と関山さんの顔が脳裏をよぎった。

確かに私の手元に、お金はない。だけど、ここに今、生きている。悩み、苦しみ、それでも生きている。

「どうしたの……？」

ラファが問いかける声に、違和感を覚える。喉に魚の小骨が引っ掛かったかのような、奇妙な感覚と、痛みがあった。

第二章　風

【一】

窓の外を柔らかい白っぽい光が照らしている。青々とした椿だけではなく、赤い小さな木の芽が顔をのぞかせていた。

「うーん……」

「ねぇ、涼。無理はしないで」

「ああ、うん。そう、だね……」

思わず返事をして、はっ、とする。

「夏春さん。ラファさん。先生、待っているわよ」

声をかけてくれたのは、こらーる岡山診療所の受付を務めている、佐々木さんだ。私が何度かラファに話しかけている姿を見て、あえて、彼女の名前も呼んでくれたらしい。

「あ、ありがとうございます」

室温は二十二度。ストーブで暖められた室内には、年季の入った建材の香りが漂っていた。

急いで私は診察室へ向かう。

今日は前から先生と話し合い、決めていた、薬を変更する日だった。

「うん。夏春君。繰り返しになってしまうけれど、今回は、メインの薬をリスパダールからエビリファイに変更しているからね？　もし様子が違うようなら、すぐにわしの携帯電話にかけておいで。夜中でも、朝でも、気にしなくていいからね」

茶色のベストを着た山本先生が、私ににっこりと微笑みかける。やや丸い顔に浮かぶ笑みは、慈愛、という言葉を思い起こさせた。

「はい、心得ています。寒さも落ち着きましたが、先生もお体に気をつけて。あっ、ええと。来年もどうぞよろしくお願いいたします」

「そうですねぇ、医者の不養生にならないようにしないとね。来年もよろしくね。それじゃあ、良いお年を」

ふふふと、上品に笑う先生に別れを告げて、診察室を出る。

今日は二週間に一度の診察日。そして、今年最後の診察日だ。関山さんと出会った日から、しばらく過ぎた。その間も私は新聞配達のバイトをしたり、教会で中尾牧師に聖書の手ほどきを受けたりしている。

診察室の外にある待合室に、私以外の人はもう待っていなかった。午前中の診察は、どうやら私が最後だったらしい。

「夏春さん、ちょっと待っていてくださいね。お薬の発注を終わりにしちゃいますから」

受付担当の佐々木さんが、申し訳なさそうに言う。受話器を右手で押さえていたので、私は首を縦に振ってほほ笑んだ。佐々木さんも、微笑み返してくれる。

最近は本当に、落ち着いて過ごせていると思う。苦しくなる瞬間、たとえば、家族との記憶や、仕事での失敗。そして、妹の手紙。突然それらは私のそばにやってきて、幸せをめちゃくちゃにしようと、襲い掛かってくる。

でも。

ここのところ、幻覚と幻聴を「そこにあるけれど、大丈夫」と心を落ち着けられるようになった。薬の飲み忘れもない。

たとえば、悪いことが起きたとする。失敗したり、間違えたり。すると、数日前には永ちゃんと一緒に配達に行って、彼が「もう俺は引退だ」などと冗談を言ったことを思い出すのだ。そう言ってもらえた時の、あの何とも言えない嬉しさと恥ずかしさ、込み上がるやる気という言葉が相応しい感情が、背中をそっと押してくれる。

嬉しいと思えた体験を、すぐに頭の中に取り出せる。そのおかげで、自分の失敗や悩みを、それも日常の一部だと感じられるのだろう。

新聞配達や教会といった、これまでにないことを体験するようになって、もう半年近く経つ。始める前と比べれば自然と、気持ちが落ち着き、自分の頭でしっかりと考え事ができる時間が増えていくようになった。

（そういえば、関山さんとはあれから、教会に私が向かうたびに、顔を合わせるようになったなぁ……）

彼が「哲学と論語」を教えてやる、と言ったのは本当だったようで、会うと必ず家まで送り届けてくれた。少し考えを押し付けてくるような話し方はあまり好きではない、のは本音だけれど……彼と話すと、自分にはない考えを知ることができて、新鮮な気持ちになる。

（新鮮と言えば……永ちゃんとは、聖書の話をするようになった。本や漫画の貸し借りもしてるし、前よりは自分から会いに行けるようになった気がする）

手助けの輪を広げたい。そう思っていたけれど、やっぱり永ちゃんからは、助けてもらってばかりだ。彼が助けてくれなかったら、人に信頼してもらうことの大切さ。そして、自分の中にない価値観を知る機会もなかっただろう。

（少しずつ、変わっている。ちょっとずつ、一歩ずつ……）

今までとは違う日々を経て、私の感情の変化はずいぶんと、穏やかなものになった。今回、ついに先生の提案で飲んでいた薬の一部を変え、様子をみることになった。変えるのは、心の不安を落ち着ける効果を持つ薬だ。どのような気持ちになるか、生活に変化はあるか確認して、もっと合う薬を探っていくことになる。

薬を変えると体調がよくなることもあるし、逆につらい思いをすることもある。でも今回は、薬が変わることに対し、自分も前向きな気持ちでいられた。

ガチャン。

佐々木さんが受話器を置く音が響く。お会計をしなくては、と財布を取り出した。その瞬間。再び、電話の呼び出し音が鳴り響く。彼女はすぐに受話器を取り上げた。

「はい、もしもし、こらーる岡山です。……ああ！　小豆沢（あずさわ）さん。いえいえ。今年もどうもありがとうございました」

どなたか、長く来ている患者さんだろうか。

こらーる岡山診療所には、さまざまな患者さんが来ている。当たり前のことなのに、自分が「そうなんだ」と自覚できたのは、つい最近だった。将棋がきっかけで話すようになったつかさんとはっさん。偶然中尾牧師と教会について話をしたあの女性以外にも、たくさんの人が通っている。

待合室でもこれまで見掛けていたはずなのに、自分はそれを、あまり認識しないようにしていた。でも最近は、室内にいる人に気が付くというか、気を配る余裕ができたように思う。

窓から見える空は淡い銀に輝く雲で覆われ、のっぺりと重い。こらーる岡山診療所を取り囲む生け垣の中では、どうやら雀が遊んでいるらしい。彼らの声を私がぼんやりと聞いていると、佐々木さんから名前を呼ばれる。

「夏春さん。ごめんなさいね。玄関の棚があるでしょう。ちょっとのぞいてくださる？」

「はーい」

佐々木さんが言う棚とは、玄関に置かれている、資料やパンフレットの並ぶ小さな机のことだ。待合室に設置された黒電話の前を横切り、言われた通りに玄関に置かれた机の前へ向かう。すると、黄色の下地に赤い文字で店名が書かれた、ショップバッグが横倒しの状態で置かれていた。

「黄色い、マスタードイエローのビニールの袋がないかしら」

「ありますよ、ほら」

私は明るいデザインの袋の方へ向かい、手に取った。中にはお薬手帳と薬の袋、赤色のヘッドフォン、そしてポータブル・オーディオ・プレイヤーが入っていた。明らかに、誰かの忘れ物だ。

「ありがとう！　ええ、ええ、ありました。はい、じゃあ、取りに来られるんですね。大丈夫ですよ。それではお気をつけて」

今度こそ受話器を置いた佐々木さんの前まで、私は袋を持っていく。

「どうなさったんですか？」

「ええ。それ、夏春さんの前の患者さんが置いていかれてしまったの。すぐに戻ってこられるそうだから、教えてくださってありがとう」

「いえいえ」

お会計を済ませ、私は外に出る。袋の持ち主は気になったが、きちんと取りに来るのなら、当事者ではない自分が心配してもどうしようもない。それに、今日は永ちゃんが貸してくれたスポーツ漫画を読もうと思っていた日だ。

＝＝＝

二週間後。

次の診察日を迎えた私の目の前には、見覚えのある黄色い袋がある。

それも、この前と同じ場所、こらーる岡山診療所の玄関の横にある小さな机の上に置かれていた。時間帯も前回と同じで、私が診察を終えて会計を待っていた時、何気なく「新しい資料はあるかな」と思って見に行って発見したのだった。

私は思わず手に取って、受付の佐々木さんを振り返る。

「佐々木さん、これ」

「あらまっ。……小豆沢さん、また忘れて行っちゃったのね」

困った様子で、佐々木さんが言う。彼女はさっと席を立つと、すぐに玄関先から外を見た。私も彼女の頭越しに外を見たが、人気はない。

「夏春さんの二つ前が診察の順番だったんです。……お薬手帳も入っているし。それに今日は京都へ行くとかおっしゃっていたのに」

ため息をつきながら、佐々木さんは袋の中を見た。私も、思わず隣からのぞき見る。お財布は無いようだが、薬とお薬手帳が入っていた。

「もしよかったら、自分が届けましょうか？　住所が分かれば、ポストに入れてきますよ」

私はつい、そう言っていた。後悔はないが、内心で少しだけ驚く。

（前の自分なら、こんな風に言い出せなかったかも……）

そんなことはつゆ知らず、佐々木さんは腕組みをして、うーん、と悩んでいた。そしてすぐに受付の席へ戻ると、何かメモを書き始める。彼女は一枚の紙を手に戻ってきた。見ると地図と住所が書いてある。

永ちゃんやヨシさんと配達を繰り返してきたためか、頭の中ですぐさま、メモが示す場所が思い描けた。佐々木さんが言う。

「これ、小豆沢さんのお母さんが住んでいる所よ。袋の持ち主は、小豆沢（あずさわ）記子さん、っていうの。夏春さんと同じ町内だし、それほど遠くはないと思うわ」

「はい、分かります。新聞配達で行く家が近いので。じゃあ、ポストに入れてきますね」

「よかった。それなら、お願いします。あっ、大急ぎでお会計済ませるわね！」

会計を済ませて外に出ると、なまやかな生垣が風でわさわさと揺れている。

藍色のシャツにクリーム色のチノパン、その上からグリーンの大きなジャンパーを着た私は、何となく首を竦（すく）めた。そこまで寒くはないが、やはり風が吹くと、まだ春が遠いことを感じてしまう。

第二章　風

私は頭の中に広げた地図をたどり、誰もいない家々の間の裏道を歩きだした。このあたりは、岡山市の郊外のせいか、普段から人気がない。車が停まるような信号は滅多に無く、横断歩道を渡る必要もないため、十五分も歩けば目的の場所に到着した。

「あ、あった。小豆沢……。珍しい苗字だなぁ」

苗字の刻まれた表札を確認し、私は改めてそう思った。少なくとも、岡山では聞いたことがない。

すぐに、ポストを目で探した。ところが、見当たらない。多くの家では玄関のドアやその近く、あるいは塀についているのだが、どこにもないのだ。

「……よし」

私は意を決し、ドアの前へ向かう。ポストは無いが、インターホンの位置は分かったためだ。

そっとボタンを押すと、遠くから間延びした呼び出し音が響く。しばらくすると、インターホンに赤いランプが灯った。

「もしもし、こんにちは。どちらさまでしょうか？」

低い女性の声が響く。

「と、突然すみません。自分、こらーる岡山診療所に通っていて、主治医が山本先生の、夏春といいます。お、あ、小豆沢さんが忘れ物をなさっていたので、と、届けに来ました」

「えぇっ。ちょ、ちょっと待っていてくださいね」

インターホンから、今度は慌てたような忙しない足音が響く。すぐさま、玄関のドアが開けられた。優しそうな年配の女性で、丸い眼鏡をかけている。彼女の視線が、黄色くてよく目立つ、黄色いビニール袋へ吸い寄せられた。

「まー。本当！　うちの記子のです。どうもありがとう」

にこやかに言う彼女に、私は手に持っていた袋を渡す。

「いえいえ。新聞配達をしているので、道が分かったんです。なので、たまたまです」

私が頷くと、小豆沢さんが言う。

「ええと。夏春さん？　よかったら、少し上がっていってくださいな」

「え、でも……」

「お礼として、お茶を召し上がっていってください」

少し悩みながらも断ろうとした、その時だ。ふと、玄関にかけられた写真が目に入る。

男性が一人と、その横におそらく、目の前にいる小豆沢さんと思わしき女性。

そして。

（……か、彼女だ）

胸の奥、心臓がバクバクを通り越して、ドドド、ババババ、と激しく鳴り響く。

二人の間に、もう一人、女性が立っている。

黒く長い髪に、白いワンピース。手に持っている、薄茶色の麦わら帽子。

夏と冬に私が見かけた「彼女」に間違いない。

ひょっとして、彼女が記子さんなのだろうか。

「じゃ、じゃあ……。お邪魔します」

半ば下心のようなものをかかえ、私は小豆沢さんの申し出に頷くことにしたのだった。

通された客間には、白いテーブルクロスが敷かれたテーブルと布張りのソファが二つ置かれている。席についた私に、女性は小豆沢陽向（あずさわひなた）と名乗った。

「記子も山本先生にお世話になって長いのだけど、どうしても自分が思い立ったことを、すぐにしないと気が済まなくて……」

淹れたての紅茶が入ったカップを私の前に置きながら、陽向さんは言った。カップとソーサーがセットになった飲み物なんて久しぶりで、どぎまぎしながら口をつける。

「昔からあの子は天才肌でね。私も主人も……ずいぶん前に離婚しているんだけど、子どものうちはそんなに気にしなかったの。でも、成長するごとに人間関係でのトラブルが目立ち始めて。それで、あの子が思い立ったことにはすぐに取り掛からないと、時には怒りだしてしまう、ということに気が付いたのよ」

「そうだったのですか……じゃあ、薬を置いていってしまったのも？」

「ええ。あの子、夢中になるとすぐにどこか行っちゃうの。今日は旅行で京都に行く予定だったから、余計にダメだったのかもね」

軽くため息をついた陽向さんが、スマートフォンを見る。何かメールが来たらしい。そして、やれやれ、という顔をした。

「まあ。あの子、一度、福山駅に行ってから京都に行く、ですって。何か、福山駅でやりたい予定を思いついて、すぐに行っちゃったのね……」

確か、福山駅は山陽新幹線が停まる駅の一つだ。福山、新倉敷、そして岡山に停まる。ずいぶん前に、菅野さんが言っていた。近くに面白い博物館があるとか、なんとか。

そんなことを思い出していると、ふと、陽向さんがすっかり疲れた様子だと気が付いた。

私は思わず、

「わ、私は逆に、すぐにとりかかれるのは、すごいと思います」

と、言った。

不思議そうな顔をした陽向さんに、さらに重ねて、自分が思ったことを伝える。

「山本先生にお世話になっている理由は、自分が、ええと。生活に困難を抱えているからです。それで、いつもたくさんメモして、考えて、まるで自分が自分じゃなくなるほど悩んでしまうこともあるんです。そういう自分からすると、記子さんみたいに行動力のある人は、すごいなぁ、って……」

初対面の人に、何を言っているのだろう。

私は思わず顔を赤くした。すると陽向さんが、優しく笑みながら、頷いてくれる。

「ありがとう。……少し、心が軽くなったわ。二週間前にも記子が同じように薬を忘れていったから、神経質になっていたみたい」

「いえ、そんな……」

私は気恥ずかしさを紛らわすように、紅茶にもう一度口をつける。先ほどは気が付かなかった、さわやかなマスカットのような香りが、鼻を通り抜けた。

それから、私は陽向さんといろいろなことを話した。

といっても、主に、陽向さんが抱える苦労話だ。記子さんは本当に行動力の塊のような人で、今はパソコンのソフトやスマートフォンアプリのプログラミングを仕事としているという。そのため稼ぎが良く、たとえば今日は京都へ、次の日は東京へ、とあちこちを飛び回っても、経済的には何の問題もないのだそうだ。

さらに、納期にさえ間に合えば、休日も思いのまま、らしい。

そのため、ひとたび行動し始めると連絡もつかないことも珍しくないとか。

陽向さんがスマートフォンの画面を動かして、私の方へ向ける。

「こんなに話したのに、あの子の写真さえ見せてなかったわね。これが記子なの」

「……この人、が」

それは突然訪れた、答え合わせの瞬間だった。

間違いない。

砂浜の上に立っていた彼女のことを、私は今でもはっきりと思い出せる。

潮風をはらみ、黒髪が揺れている。鮮やかな青い半そでのワンピースと、その対比でまぶしいほどの白い肌。

私が家を離れ、数日を過ごした施設の近く。あの海辺で見かけ、幻のように消えた女性だ。彼女にそっくりどころじゃない。本人に違いない。

私の反応を見て、陽向さんは私が、記子さんに会ったことがあると思ったらしい。

「知っている？　まあ、そうかもねぇ。あの子ったらこらーる岡山でも……」

記子さんのことを陽向さんが相談できる相手は、近所にもほとんどいないそうだ。話すことの大半は、記子さんの自慢のような、愚痴のような、何とも言えない話ばかりだった。

私は陽向さんの話に頷きながら、目はスマートフォンに映し出された写真にくぎ付けになっている。だというのに、陽向さんは気が付かない。それほど、ストレスがたまっているみたいだった。

そう気が付くと、自分が浜辺にいた女性が記子さんかどうか、確かめようとしたことに申し訳なさを覚える。

何かできることは無いか……。

（メールとかで、気軽に話をできたら、少しは力になれるのかも……）

私は陽向さんに、携帯電話番号の交換を申し出た。これなら、今日みたいに記子さんが薬を忘れてしまっても、私が届けに行くこともできる。

それに、電話番号を使ったメールなら、相手も自分もそれほど時間に縛られる必要がない。同じこらーる岡山診療所に通う患者の立場として、相談に乗れることもあるだろう。そう思ったからだ。

提案してから「さすがに厚かましすぎたかも」と後悔したが、陽向さんは、私が思っていた以上に喜んでくれた。

「ありがとう！　あの子、京都に行かなければ夏春さんにすぐお礼を言えたのにね。お礼を言うことに関しては、とても素直なのよ」

あれこれ話すうち、時刻は午後五時を過ぎていた。

さすがに長話をし過ぎたと思ったのか、陽向さんが話を切り上げる。私はお礼を言い、小豆沢家を後にした。

玄関から出る際に改めて写真を見たけれど、やっぱり、海岸で見かけたあの女性だ。陽向さんいわく、理由はよく知らないものの、前からこの近くの海岸に行くことが、偶（たま）にあったという。

外に出ると、夕暮れ間近ではあるが、決して真っ暗な時間ではなかった。私は、腕時計を確認する。

「今から岡山駅には……間に合うな」

もしかしたら、彼女を一目だけでも、見ることができるかもしれない。

衝動に駆られるように、私は岡山駅へ向かうことにした。

ここから岡山駅まで、車で向かっても時間にして一時間近くかかる。彼女が乗る新幹線が岡山駅を通るか分からないこと、どちらも頭の中で分かっていた。

でもそれでも、行ってみたかった。

——彼女が、本当にこの世に実在するのか、確かめたい。


車を持っていないので、バスを乗り継ぎ、岡山駅を目指す。目的があるから、だろうか。私はバスの運転手さんや、時には道行く人に話しかけることまでできた。人間とは、現金なものだな、と思う。

ようやく乗れた岡山駅行きのバスに揺られながら、私は不思議な高揚感に包まれていた。ドキドキするような、幸せなような。でも、前にも、味わったことがある。

（……もしかして、ワクワクしている？）

久しく覚えていない感覚だった。

以前、永ちゃんに連れてきてもらった教会のそばを通り過ぎたのが見える。青色の看板に白い文字で、裁判所前、と書いてある下を通り過ぎた。

ほどなく、大勢の人が行き交う、岡山駅前のバス停に到着する。人の多さにいつもは疲れ切ってしまうけれど、今日は違った。この中に、どこかに、記子さんがいるかもしれない。そう思うと、むしろ頼もしさすら、感じられた。

入場券を手に入れ、新幹線の到着するホームを目指す。

滅多に使わない駅のため、あちこち掲示板を見ながら新幹線のホームへ到着したのは、午後八時十分のことだった。

そこでやっと、私は新幹線の時刻が表示される電光掲示板を見上げる。

「……え、あ」

私は思わず、変な声を上げてしまった。近くにいたスーツ姿の男性が、怪訝そうな顔でこちらを見る。誤魔化すべく咳払いをして、壁際へと下がった。

のぞみ二十号が、二十時十四分に岡山駅へ到着することが告げられている。偶然だろうし、そもそも自分が新幹線の到着時間すら気にしていなかったことを思い知らされて、気恥ずかしくなった。

停車時刻は、一分間らしい。

後、四分後。四分後に、もしかしたら、彼女に会えるかもしれない。

あたりは、仕事に行くらしき人、遊びに行くらしき人、いろんな人がいる。巨大なレンズのついた一眼レフを構える人もいる。私のように、ただ壁際に立っている人もいた。

音が近づく。

『次の、新幹線は……』

『まもなく、発車いたします』

女性の声のアナウンスが聞こえる。他の電車から響く案内音声も混ざって、あたりは音の洪水だ。私は、駅のホームへ入ってくる新幹線を、じっと見つめた。一両、二両、新幹線が進んでいく。

十両目の車両が、目の前で停車した。髪の長い女性を目で探すけれど、見つからない。

(……そりゃあ、そうだよ)

分かっているのは、彼女が乗っているかもしれない新幹線が、一分停まることだけだ。

頭の中が一気に、冷静さを取り戻すのが分かる。そもそも、彼女が確実に、新幹線で京都まで行くとは限らない。特急を乗り継ぐかもしれない。

どうして新幹線だと思い込んだのか。なぜ、こうまでしてきたのか。

いや。もし彼女だと確認できたとして、自分がしている行動は、もしかして、とてもよくないものなんじゃないか。

後悔にも似た気持ちを抱えながら、私はぼんやりと新幹線を眺めていた。

ゆるやかな発車メロディーとは対照的な、新幹線が動き出す轟音。未練がましく新幹線を見つめていると、急に、一人の女性へ視線が吸い寄せられる。

奥の座席に座っている、黒いコートを着た女性だ。

ここから見ても分かるほど目がきらきらと輝いていて、髪の毛はとても短く、少年のような印象すら受ける。でも顔立ちが柔らかくて、やっぱり女性だと認識するような、そんな人だ。大きな四角いフレームの黒縁眼鏡が、少しずれていた。スマートフォンを手元に持っていて、何かを確認している。

彼女と、私の目が、合う。その瞬間、私はなぜか、黒髪を持ち、草原で出会ったあの少女のことを思い出した。韓国で、まだ自分が幼かったころに出会った、彼女。手をつなぎながら追いかけていた横顔が、頭の中によぎる。

しかし、鳴り響いた発車メロディーが、私を現実に引き戻した。

全身に鳥肌が立ち、耳元でごうごうと新幹線が動く音がさらに響く。海岸で、ぼやけた視界の中に見た彼女が、確かにそこにいた。

彼女が、浜辺で見かけた、あの人だ。

確信を持った瞬間、新幹線が駅のホームから走り出す。その瞬間だった。

「おっと、ごめんなさい」

どすん。降りてきたのだろう男性と、ぶつかってしまう。向こうも急いでいたのか軽い挨拶だけで、さっさと立ち去ってしまった。

「す、すみません！」

私の声を連れて、新幹線が走り去る。彼女の姿は、もちろん、あっという間に見えなくなったのだった。

【二】

朝露が、窓ガラスを濡らしている。そろそろ、庭の草刈りもしなくてはならない。

「……よし」

私は、妹に最初に送る予定の手紙を清書している最中だった。妹が送ってくれた手紙にあった「両親のなれそめ、韓国での生活、そして涼兄さんの今」という三つの知りたいことのうち、両親のなれそめと、やがて韓国で自分と弟が生まれ、日本へ戻った後に妹が産まれたという話までは書くことができている。

凝り固まった指先をほぐすようにもみながら、ぐっと背伸びをした。

あの浜辺の女性と再会した翌日から、私は一心不乱に妹の手紙に打ち込んでいる。わずかでも気を抜くと、彼女を探してしまいそうな自分がいて、なんだか恐ろしかったためだ。

しかし、そのかいあって、便せんは枚数にして十数枚に及び、手紙は完成間近となった。

本当はどれもこれも書きたかったが、全部書いていくと読み手である妹の大きな負担になりそうで、いったん保留した話も多い。たとえば……草原で出会った、あの少女のこと、とか。

第二章　風

清書した手紙を汚さないように、以前、食堂のバイトでもらったお菓子の箱へ収めておく。そして、私はいつも使っているメモ帳を開いた。

「……やっぱり、書かなきゃ、か」

自分がどうして、家族と共に暮らさずに生きることを選んだのか。

それを伝えるには、何から書くべきか……。

「……あの日からかもしれないなぁ」


ピリリリッ……。


鋭く、携帯がアラーム音を鳴り響かせる。ぱっ、と画面上の時計を見ると、こらーる岡山診療所へ受診するために、家を出る時間だった。

「……行こう」

あえて口に出す。私は手紙の上に別の紙を置いて中身を伏せると、リュックサックを手に外へと出る。

たどり着いて、少し「帰ろうかな」と考えてしまう程度には、今日のこらーる岡山診療所は賑やかだった。たまたま診察で来た人や、何気なく訪れた人同士で話が盛り上がり、和気あいあいとした雰囲気が漂っている。

将棋を打つつかさんやはっさんもいるが、話しかける気持ちにはなれなかった。体が重く、なんだかだるい。長年の経験からこの重さは、風邪ではなく心が起こしていることだと分かっている。

先生に言えば何かしら対応してもらえるだろうが、私は……何だか言うのをためらっていた。せっかく、前向きな方向で薬が変わったんだ。このまま順調にいけば、薬をもっと減らしたり、より軽いものに変更したり、希望が見えてくるかもしれない。

そう思うと、言い出しづらかった。

ただ、今日のだるさは、心当たりもある。

(昨日は誰か知らない人からメールが来ていたしなぁ……余計にそれで、気持ちが沈んでいるのかも)

先々週、浜辺で見かけた彼女の正体を知った後、私は激しく落ち込んでいた。

いくら気になって、実在するのかを確かめたかったからとはいえ、新幹線を見に行くのはやりすぎだった。そう思って落ち込んでいた気持ちがようやく少しずつ回復してきたというのに、昨日のこと。

見たこともない電話番号から、携帯にメールが入っていた。

内容は『こんにちは。薬、ありがとうございました』というものだった。陽向さんからかと思ったが、彼女の電話番号ではなかった。

なら、記子さんが?

考えられるのは彼女だけど、いくら薬を届けたとはいえ、果たしてメールを送るだろうか。それこそ、陽向さん経由でお礼が来るくらいが関の山だ、と思っていた。いや、お礼なんてなくたっていい。ただ自分は、困っていた彼女を見過ごせなかった。それだけで。

（……頭の中が、ぐるぐる、いろんな考えで渦を巻いている）

知らない人からメールが来る経験なんて無いから、返信も出せずにいる。考えておきたいことが山積みで、頭の奥に、常にもやが掛かっているような気持ちがした。

「ええ、はい。では、そういうことで……」

聞こえてくる声に受付の方を見ると、佐々木さんが電話に対応していた。会計は、もう少し時間がかかりそうだ。

するると診察室から、女性が出てくる。反射的にそちらを見て、その姿形を認識した瞬間。

私は体のだるさも忘れて、思わず姿勢を正してしまった。

（小豆沢記子さんだ……！）

まさか、こんなに早く会うなんて。想像もしていなかった。

彼女は黒髪を短くショートカットに切りそろえ、黒縁の大きな眼鏡をかけている。背は私より、ほんの少し低いくらいだろうか。片耳につけられた黒い石のピアスが目立つ。涼しげな春色のワイシャツに、紺色のスカート姿だ。黄色くて目立つ、ＣＤ販売店のショップバッグを右手に持っている。

彼女はそのまま、会計の前に並んでいる椅子のうち、私から二メートルほど離れた場所にある椅子へ腰かけた。そしてスマートフォンを取り出し、私の方を、見た。

もしかして、見つめていたのがばれたのだろうか。ひどく申し訳ない気持ちになって、慌ててうつむく。そのまま、三分ほど経った。

「小豆沢記子様。お待たせしました」

事務作業が早く済んだのか、彼女の方が先に会計に呼ばれた。

「はーい」

彼女が立ち上がり、受付に行く足元が、視界の端にちらりと見える。

声を聞いたのはそのときが初めてだったけれど、その鈴がなるような軽さのある声になんとなく「ああ、彼女だ」と納得してしまった。

「本当、前回も薬を忘れてしまって、ご面倒をおかけしました。すみません」

小豆沢さんが言う。私は心臓が、ドッ、と音を立てて駆け出したのを感じた。ドキドキ、バクバク、熱が耳元まで上がってくる。

これは期待だろうか。それとも羞恥（しゅうち）だろうか。どちらにせよ、私は今、感情が高ぶっている。

「いえいえ。実は、そちらにいる夏春さんが、気を利かせて届けてくださったんですよ」

佐々木さんが、事も無げにそう言った。思わぬ方向から名前を出されて、私は顔を上げる。

　私と、彼女の目線が、合う。

　黒縁眼鏡の奥、彼女の目が、きゅう、と小さくなるのが見えた。

「本当だったんだ……」

　小さく、小豆沢さんが呟いた。本当、とはどういう意味だろうか。

　言葉の意味を考えているうちに、彼女は会計を済ませ、私のそばに来た。座っているのが申し訳なくなり、思わず立ち上がる。

　彼女は、はにかみながら、小さく頭を下げた。

「は、はじめまして。あの、夏春涼さん？」

「そうです。……あの、えっと」

「小豆沢記子です。……あの、君だよね⁉　新幹線の窓越しに出会った人！」

　勢いよく尋ねられ、私は頷く。

　目の前に立つ記子さんからは、ゆずのような、レモンのような、ふんわりとした柑橘系の香りが漂った。思わず耳が赤くなりそうな気持ちの私に、気が付いているのか、いないのか、記子さんは楽しそうに話し始める。

「お母さんが『薬を届けてくれた人がいて、電話番号交換しちゃった。相談にも乗ってもらったの』っていうから、びっくりしちゃった。そんな良い人がいるのかなぁ、って思っていたの。実在するんだねぇ！」

一気にまくし立ててから、記子さんは、あっ、という様子で口元に右手を添える。

「ごめんね。実は、お母さんから夏春さんの電話番号を教えてもらったの。それでお礼のメールを送ったんだけど、後から大失敗、って気が付いちゃって……。だって名前分かんないもんね。件名に入れればよかったーって！」

悩んでいたことが、一瞬で解決する。宛名のないメールの主は、やっぱり彼女だったのだ。

「の、いえ。ええと、小豆沢さん。じゃあ、このメールは、あなただったんですね」

確認するように言いながら、メールを見せる。彼女は大きく頷いた。

「あはは、記子でいいよ。うん。そうなの。私も早くお礼は言いたいと思って……」

私は彼女の言葉に、繰り返し小さく頷く。分かる、お礼を言いたいと思ってすぐに行動に移せないと、なんだか気持ち悪い。押し付けがましく思えて、後で落ち込むところにも、ものすごく共感できる。

「ところで……うん。やっぱり！」

私の全身を見てから、記子さんが大きく頷く。何だろう。

彼女はまるで、何かに納得するように、私の全身を上から下まで何か言いながら確かめていった。

「あのさ。前に、海岸でも会ったことない？」

「海岸？」

「近くに、大きめの白い建物があって……備前市の方にあるの」

「ええっ？」

それって……。やっぱり、あの私が泊まっていた施設のことだろうか。

私が「見間違い」か「幻」と思い込むことにしていた、髪の長い女性。その実態は彼女だと分かったが、さすがに向こうも、私を覚えているとは思わなかった。

記子さんは「こんな風に出会うなんて、まるで漫画みたい！」と、はしゃぎながら話しだす。

「海岸はね、私にとって頭をリフレッシュさせてくれるところなの」

記子さんは、自分ですら名前を聞いたことがあるような、大手企業に勤めていた。陽向さんが言っていたように、突発的にあらゆることに挑戦しだすため、どうしても会社に出勤するという働き方が向かない。そこで、在宅勤務で仕事をしており、海岸にはリフレッシュのためにちょくちょく遊びに行くのだそうだ。

「いいよねー。海。うん！　潮風が気持ちよくて、ぼーっとしていると頭の中がすっきりしていくの。やっぱり頭はすっきりしてないと。ほら、自分、髪の毛も長かったでしょ？」

「もしかして、去年の夏のことですか？」

言ってから、まずいかな、と思った。だって、まるで記子さんのストーカーみたいだ。

しかし彼女は、むしろ「覚えていてくれたんだ」とばかりに頷く。

「そうそう！　暑苦しくて、あの後、髪の毛を切っちゃった。ほら、私の苗字も小豆沢だし、水のある海岸に惹かれるのかな？」

笑い声を上げる彼女は、子どものように無邪気だ。それでいて、会話の情報量が多い。

「それでね。その時もね、実は誰かいるなー、とは思っていたの。もちろん、夏春さんとは気が付いてなかったけれど、海岸にくる人なんてめったに見かけないから、なんだか気になっちゃって……」

すると、こほん、と小さな咳払いが聞こえた。

「お二人とも、お静かにお願いしますね」

にっこりとほほ笑んだ佐々木さんが言う。視線を感じて、将棋を打つつかさんやはっさんがいる席の方を見ると、二人は半笑いでこちらを見ていた。いや、半笑いを通り越して、ニヤニヤしている。

よく見ると、診察室の扉も、若干半開きになっている気がする。もしかして、何かあったかと、先生にまで気をもませてしまったかもしれない。

そうだ。ここは、まだ、こらーる岡山診療所の中……。

あまりの恥ずかしさに、顔が一気に赤くなるのを感じる。

「さ、佐々木さん、すみません」

「分かっていただければよろしいのです。それじゃ、お会計を済ませましょうか、夏春さん」

私は急いで会計を済ませる。記子さんはその間、何がいけなかったのだろう、という表情で立ち尽くしていた。

「の、記子さん、行きましょう！」

会計を済ませた私は、思わず、記子さんの細い手首をつかんで外へ出た。

こらーる岡山診療所の外には、重そうなコンクリートの壁が続く。

そのかたわらに、ベンチが置かれていた。庭に吹き抜ける風が、心地よく当たるベンチだ。かつて、貧困の中で空腹にあえいでいた私は、このベンチでのちに親友となる菅野さんに出会った。

その前を足早に通り過ぎ、私は『こらーる岡山診療所』と緑のペンキで描かれた看板の前で、足を止める。

「な、夏春さん？　どうしたの」

困惑した記子さんの声に、私はハッとして彼女の手を放す。

彼女のぬくもりが、いまさら、指先を伝わってジンジンと広がっていくようだ。決して、気温が高い時季ではないのに、顔周りが熱くてたまらない。

「ごめんなさい！　あの。本当に、すみません。話すのが楽しくて、つい、声が大きくなっちゃって。あのままだと、診察の邪魔になりそうで……」

思い切り私が謝ると、記子さんは首を横に振る。

「ううん。……こちらこそ、ごめんなさい。あの、私、えーと。空気を読めない？　っていうことが、なんだか多いの。そっか、その通りだね。あのままじゃ、他の人の迷惑になっていたや」

その声は、つい数分前の彼女とは、別人かと思うほど暗いものだった。

私たちはどちらからともなく、こらーる岡山診療所の前に続く道を歩き出す。

「……こんなこと言うと、変かもしれないけど。……名前も知らないのに、何度も会ったことがあるからかな。夏春さんと、昔から知り合いみたいな気持ちがして」

「そう、なんですか?」

「うん。……さっきは、連れ出してくれて、ありがとう」

私は首を横に振る。さっき、私は、私の恥ずかしさのために、彼女を連れ出した。私自身の気持ちを満たしたために、彼女に申し訳なさや、ふがいなさを感じさせてしまった。

そのことが、情けない。

「ごめんなさい」

「ど、どうして夏春さんが謝るんですか?」

「実はさっき……恥ずかしくて、こらーる岡山から出てきたんです。ごめんなさい。自分の気持ちを落ち着かせたいがために……」

二人の間に、沈黙が広がる。

こらーる岡山診療所の周りを囲む塀が途切れ、住宅街へ入った。人の声は聞こえず、遠くから、何かトラックか車が動く音だけが響いている。

「夏春さんは、正直者だね」

「え……」

「言わなくてもよかったのに。私も、その。ついうれしくなって、大声で話していたんだから」

「でも。それは」

「いいの、いいの。ええと、今日は薬も持ってきたし……。あっ、そうだ」

思い出したように、記子さんが言う。

「私もお母さんみたいに、たまにメールを送ってもかまわない？」

私が不思議に思って首をひねると、

「ええとね。私、仕事はしているけど在宅勤務なんだ。いつも家の中とかだから、昔からの知り合いと友達になるきっかけもなくて……。居場所づくりの活動に参加したこともあったけど、なじめなかったんだよね」

と、彼女が返す。確かに、いくらネット社会が発達しても、実際に遊べる友達を作るきっかけは、得られないのかもしれない。

つまり、それは。

「なんだか友達が増えたらうれしいな、って、そう思って」

彼女は笑顔なのに、なぜか、寂しそうに見える。

私は断れるわけがなく、もちろん、と頷いてしまったのだった。

（……こんなこと、あるんだ）

帰っていく彼女を見送った後、私は何となく家にすぐ帰る気がしなかった。手持ち無沙汰に携帯電話のメールを見てみるけれど、お目当ての永ちゃんからの返信はない。

「永ちゃん、どうしちゃったんだろ……」

思わず、独り言が出た。ここのところ、永ちゃんと顔を合わせられない日が増えている。

真冬のころは、ヨシさんと永ちゃんの三人で一緒に新聞配達をする日も多かった。年末年始は特にいつもより広告の枚数も多く、なかなか重い新聞だったように思う。そんな日は、サエコさんが「たくさん作りすぎたおでんの消費を手伝って」と言ってくれた。それを皆でありがたく、朝ごはんとしていただいたとか、三人で過ごした日が確かにあったのに。

このところ、永ちゃんの都合が悪い日がぐっと増えた。ついで、自分も忙しくなったり、体調がすぐれなかったり、何かとすれ違うことが多くなる。

それを気持ちの回復の兆しとして良いことだ、と思えていたのは最初のうちだけ。

「あの子のちょっと体調が悪いのは本当よ。でも、すぐ元気になるわ」

店の社長であるサエコさんに言われて納得していたけど、なんだかやっぱり、寂しさがあることは、否定しきれない。三宅商店を遠くから見るが、永ちゃんの姿はなかった。

＝＝＝

中尾牧師は、教会で「聖書の勉強会」という集まりを開いている。

中尾牧師が聖書の一節を取り上げて、どういう意味なのか、どんなことを感じたのか、お互いに話し合うような場所だ。そして最後には、ちょっとしたお茶会や、時には軽食が出て終了する。

参加できるようになったのは、つい最近のことだ。薬の変更で体調が思わしくない日々が続いていたものの、先生にも言い出しづらいし、またこの前のようにこらーる岡山診療所が、噂話で大騒ぎになっている日に行きたくない。

三宅商店も、永ちゃんの体調が悪いのに何度も顔を出すのは、どうも気を遣う。だけど家の中にいると、どうしてもラファのこと、妹の手紙のことを考えて、どんどん気持ちが落ち込んでしまう。

そんなわけで、教会へ行く機会が増えていたため、自然と勉強会にも参加するようになっていた。

知らない人に会うこともあるが、一番多いのが、関山さんだ。

お金持ちで、私にはまるで縁のない世界に生きているような顔をしている彼が、教会に何度も来るのは意外、ではあった。

「座るぞ、夏春君」

どかり。音を立てて目の前の椅子に腰かける関山さんに、私は「どうぞ」という暇もなかった。彼の手元にはお盆があり、先ほど、中尾牧師が奥様と一緒に用意した紅茶とクッキーが並んでいる。

「誰にそんなに懸命にメールを送っているんだ？」

「え、あー。友人ですよ」

聞いたのは関山さんの方なのに、興味なさそうに肩をすくめる。

「そういえば、夏春君。三宅商店でバイトをしているのか？」

「えっ、なんで知っているんですか」

「たまたま、君が夕刊の新聞配達をしているのを見かけたんだ」

「ええまあ、そうですよ。友人の永ちゃん……永一さんに紹介してもらったんです」

私がそう言うと、関山さんの目が、ぎろっ、とこちらを見る。何か獰猛な動物が目を醒ました瞬間に居合わせたような、恐怖に近い感覚に私は手にしたマグカップを強く握った。

「ふうん。君も永ちゃんの友人だったわけか」

「え？　もしかして関山さんも」

「ああ、まあ。ちょっと前にね、同じような所へ行っていて。そうか、しかし、君と彼が友人だったというのはなんだか意外なような、しっくりくるような、ふうん」

にやにやと笑う関山さんの表情は、なんというか。

私をバカにしているようで、同時にホッとしているようにも見える。

その表情が私は、妙に気になった。

「……なんだろな」

あの後、関山さんは私にやたらと永ちゃんの話を振ってきた。中には私が知らない永ちゃんの話もあり、なんだかんだで面白く聞いていたのだが、それでも奇妙さは消えない。


日没間近になり、まるで関山さんとの日中の出来事を察したかのように、永ちゃんから私の携帯に電話があった。

「もしもし、永ちゃん？　珍しい。というか、体調は大丈夫なのか？」

「ああ。大丈夫。心配してくれてありがとうな。商店の仕事も、お前がずいぶん手伝ってくれたみたいで、本当に助かっているよ」

「そっか。そういえば、関山さんって知っているかい？」

「関山？　もしかして、関山啓太か？」

「そうそう。教会で知り合って……なんだか永ちゃんのこと知っているみたいで」

「いや。……いや、うん。知り合いといえば、知り合いか」

すると、永ちゃんは私にだけ聞こえるように、そっと囁いた。

「菅野が、こらーる岡山に通っていたくらいのころ、彼も一時期通院していたんだ」

海沿いの湿っぽく、ざらついた風が吹いた気がした。

「じゃあその時、永ちゃんとも知り合いに？」

変に聞こえないよう、そっと尋ねると、永ちゃんが頷いたのか、電話の向こうから衣擦れの音が響く。

「まあ、そんなところだ。……通院していたことは、本人はあまり言いたくないみたいだけどな」

「ふうん。でも、なんだか、関山さん。永ちゃんのことやたらと話していたよ」

「言葉の選び方は、いつもあんな感じだよ。あいつは自分が言いたいことを言わないと気が済まないくせに、こっちをどうにかして気遣おうとしているのさ。……これは先生の受け売りだけどな」

「先生、というのは、山本先生のこと？」

「そうそう。こらーる岡山にいたころに、菅野に用事があって通院帰りのあいつに会いに行ったんだ。そこで関山君と出会って話をしたのだけど……話すうちにあんな調子になって。そしたら山本先生が出てきてくれたんだ。山本先生曰く……彼はあんな風だけど、俺のことを慕っているとか」

永ちゃんはなんとも複雑そうな、しかしどこか愉快そうに付け加えた。

なるほど。そう分かっているなら、永ちゃんの性格上、彼との話を断ることなどできないだろう。

「うまく話をしてやってくれよ。あいつも、たぶん、何かしら困っているんじゃあないかなぁ」

　永ちゃんの声に頷いて、すぐ後に乾いた音で、咳をする声が響いてくる。

「おいおい、永ちゃん、大丈夫か？」

「ああ。最近ちょっと、風邪気味なんだ」

「ふうん……あ、そうだ。仕事上がりに毎朝もらう新聞、受け取ったままだったから、持っていくよ」

「ありがとう。よろしく頼む。いつでもいいからな」

　笑った声が聞こえて、少しホッとする。通話を終えてすぐに、私は新聞紙を手に取った。

　今のうちにもっていかないと、自分のことだからあっという間に忘れてしまいそうだ。

「涼、どこへ行くの？」

「ラファ。ちょっと永ちゃんの家に行ってくるよ」

「そう。……気を付けてね」

　彼女は小さく微笑むと、静かに私へ背を向けた。今日はついてくる気がない、のかもしれない。

　永ちゃんに買ってもらって以来、愛用しているスニーカーを履く。家の外はすっかり暗かったため、懐中電灯をつけた。

　灯りに惹かれた小さな虫が、ふわ、ふわ、と飛んでいる。似ても似つかないけれど、なんだか蛍のようだ。

しばらく歩いていくと、家の近くにある公園に出た。

公園と言っても名ばかりのようなもので、小さな砂場と、ブランコがあるだけ。子どもたちはとっくに家へ帰っている時間帯だから、遊んでいる人影もない。

そちらに目をやった、その時だった。

視界の隅で、真っ白なワンピースが揺れる。誰か遊んでいたのだろう。ふっ、とそちらへ目をやり、私はあまりのことに立ち尽くす。

「え……」

口からうめき声が出た。少女が遊んでいる。黒髪をした少女だ。黄色い靴下とワンピースが印象的な、六、七歳ほどの少女。

決してそれは、変な光景ではない。彼女が実際にここにいるのなら、どこかの家のありふれた少女なら、それでいい。

しかし、私は知っている。

その少女がいるのは、とても、とても遠い過去のことだ。

ワンピースをまとった、あの少女は、私の記憶の中の存在だ。

少なくとも、ラファじゃない。

「……っ、あ」

ポケットに入れた携帯が鳴る。反射的に取り出すと、記子さんの名前が表示される。

頭のはるか上方に抜けていた全身の感覚が急激に、今、この時に戻ってくるのが分かる。メールの内容は、昨日の夜からの続きだ。

「へー。じゃあ、今度はおすすめのＣＤ持っていくね。受診日を確認する」

なんだか、急に、ホッとした。

過去は、確かに、記憶の中にある。でも生きているのは、ここだ。

公園を見るとブランコに座る少女の元に、少年が立っている。少女の服を着せられた、幼いころの、私だ。少女と私は楽しそうに手をつなぎ、公園から出てぱたぱたと走っていく。

並んだ足音を聞くと、どこか背を押される気持ちになる。

過去の轍（てつ）から抜け出すように足を動かすと、永ちゃんのアパートが見えてきた。

「……あれ」

ドアの郵便受けを見ると、三日目の日付の新聞紙が風ではためいている。少し気になったが、体調が悪いならそんな日もあるかもしれない。私はメモ帳を取り出して、また、手紙を書いた。

『この前、聖書の勉強会で、良い木が悪い実を結ぶことはなく、悪い木が良い実を結ぶこともない、という話をしてもらいました。自分が良い木だといいな、なんて思ったよ』

新聞紙にメモ用紙を挟むと、私は郵便受けへ押し入れる。

一応何か用事がないか、聞いておこうか。

いや、永ちゃんならきっと、必要なことがあったら言ってくれるはず。そう思って、私は彼のアパートを後にしたのだった。


【三】


同じ年の秋、教会での勉強会を飛び出した私は、一目散に田畑のあぜ道を駆け出した。

家に向かって、走る、はしる。どんどん、走る。

秋めいた空へ、紅葉が始まった枯れ葉が、舞い上がる。

自宅の引き戸へ手をかけ、一気に開けた。リフォームのおかげで、建付けが良くなっているせいか、大きな音を立てて勢いよく玄関が開け放たれる。

「はああっ、はぁッ、ハッ、はぁ……はぁ……」

思いきり息をつくとキンモクセイの甘い香りが鼻腔を突く。がっくりと、私は膝に手をついた。ふと視線の先に、白い袋が落ちていることに気が付く。

古い薬の袋が、床に落ちていた。古紙回収に捨てようと思って、とっといたんだ。

リスパダールという名前が、なぜか妙に、私に必要なものに思える。薬はもう残っていない、空の袋。

「……薬だ、そうだ」

私は空の袋に、噛みついた。

「薬が、変わったからだ……」

そうすれば、戻れる気がした。記子さんに出会ったころ、三宅商店で仕事がうまくいっていたころ。そして、中尾牧師と聖書について、話せていたころ。

たった数カ月、数週間だ。

生まれた時まで戻してくれなんて言ってない。だから。

だからどうか、あのころに。戻してくれ。お願いだ。

願う私はその日の夜。

山本先生の元に通院するようになって初めて、自分の意志で、薬を断った。

＝＝＝

小さな弟が、絵を描いている。私はぼんやりと、彼の手元を見ていた。

外を見て、私は、ふと思い出す。そうだ今日は、父が釜山の動物園に連れて行ってくれると、約束した日だ。父が帰って来るのを待つうちに、弟が暇になったのか、私の元へやってきて絵を描き出した。

弟の絵は綺麗だった。ひとつ、ふたつ、色が乗るだけで美しく、鮮やかに、絵は魅力を増していった。形は崩れていても、人間の顔がそっぽを向いていても、とてもきれいだった。

「いいなぁ……白露みたいに、絵が描けたらなぁ……」

私が呟くと、ふとやってきた父が、私をおんぶしてくれた。小さな弟が、一心不乱に絵を描く世界から、私はどんどん遠ざかる。

父の温かく、広い背中のぬくもりに、私はぎゅう、としがみついた。

「私にも、描けるかなァ……」

私を背負っていた父が返事をした。

「お前には無理だ」

目を開ける。そこは、家のリビングだった。私はテーブルの上に突っ伏し、眠りに落ちていたらしい。

ど、ど、ど、と心臓が痛いほど激しく動いている。急に口が開いて、大量の酸素を吸い込んだせいで、首の付け根が痛んだ。でも痛みのおかげで、ホッとする。今のは、夢だ。

私が勝手に作り上げた、夢の世界だ。

うろ、うろ、と視線のみをずらす。テーブルに置いた携帯電話が、ちかちかと赤いランプを点滅させていた。留守電が入っていることを示す通知のランプだ。

外から差し込んだ月明かりが、携帯電話に表示された『十月二十三日』という今日の日付を、闇夜に際立たせている。

「……永ちゃんからだ」

私は驚いて、留守電を再生した。がさがさ、ごそごそという衣擦れの音の後に『水を、水を持ってきてくれ』という、うわごとのような永ちゃんの声が入っていた。ぷつん、と切れた留守電に、私は不安になる。

もしかして、永ちゃんは熱でも出しているんだろうか。

「水だけ、でいいのかな」

私は急いで、財布と携帯電話をポケットに詰め込み、それから中尾牧師にもらったお菓子を片手に、家を出る。三宅商店の近くにある自動販売機で、ミネラルウォーターのペットボトルを買った。

(……お弁当だったら届けに行く意味がある気がするのに。永ちゃんたら、水だけなんて)

お菓子も手に取ったのは、そのためだ。

三宅商店の近くにあるアパートの、通い慣れた永ちゃんの家へ向かう。階段を上がり、彼の部屋の前に立って、私はぞっとした。

大量のチラシが、ポストからはみ出している。ばたばたと風に揺れるチラシたちは、持ってきた人が無理やり押し込んでいったのかもしれない。

何より。私が一週間前、最後に挟んだ手紙が、床に落ちてドアとのすき間に挟まっていた。

「えいちゃん……永ちゃん！」

私は思わず、声を上げてドアを叩く。家の中はしんと静まり返っていて、誰の返事もない。

チャイムも鳴らしたし、ドアもまた叩いた。それでも、返事がない。

体調が悪かった彼の姿。車の床に落ちていた薬の袋。極限まで溜まった新聞。

「永ちゃん、そんな。どうしよう、中で倒れてたら……っ、そうだ！」

私は持ってきた携帯電話を取り出す。指が震えて、どうしようもない。

通話履歴の中から、山本先生の電話番号を選び出した。

「先生っ！　……お願い、出てください……！」

祈りを込めて、ボタンを押す。呼び出し音が、一度、二度と響いた。三度目が終わりかけた、その瞬間。

「はい、もしもし。山本ですが」

「せんせぇ！　な、なつはるです。あの、あの」

「ゆっくり息をして。大丈夫、聞こえているからの」

「は、あの。えっと、み、みやけ、さ。友達の家、ポスト一杯で、ドアが締まってて、水を持ってきてくれって留守電があって……！」

「……夏春君。ドアが締まってて、友人は中から出てこないんじゃな？」

私は頷いた。電話越しだから見えるわけがないのに。

しかし、状況を察したように、先生が返事をくれた。

「出てこないんじゃな、そうじゃな」

「は、はい！」

「私がどうにかする。だから、どうにかして夏春君は、そのドアを開けてくれ。蹴り開けたっていい！」

「先生、でも」

「命がかかっとるかもしれん。大丈夫、ワシが責任をとる！」

私は、ドアを見た。ドアノブは、鍵を一本だけ刺して開けるタイプだ。最近はやりの、電子キーなどを使うタイプではない。

もしかしたら、蹴ったら、開けられるかも。

「……行きます！」

私は、全力で、ドアに体当たりをした。どんっ、と激しい音が響き、ドアの一部がひしゃげる。携帯電話が右手から吹き飛んで、床に落ちた。

「ぁあああっ！」

もう一度、私はドアへ蹴りを入れる。がじょ、と奇妙な音がして、ドアが内側にへこんだ。私はドアノブを握り、滅茶苦茶に回す。

ガキンッ。

激しい金属音と共に、ドアノブが折れた。見ると、ドアが音を立てて、手前に倒れてくる。私はその隙間に指を差し込んで、思いっきり、ドアを引きはがした。床にチラシが舞い散り、ドアの向こうに積み上げられた新聞紙がばらばらと落ちていく。

そして。

暗いキッチンに、永ちゃんがいた。背中をキッチンの棚に預けて、上を向くように座っている。だが、だらり、と両腕は垂れ落ちて、力が無い。

「永ちゃん！」

私は家の中に、飛び込んだ。ゴミが溜まり、埃っぽいのが分かる。溜まった新聞紙を乗り越え、永ちゃんの体を抱きしめた。

「しっかりしてくれ、永ちゃん。えいちゃん！」

「……涼」

小さな声で、永ちゃんが私の名を呼んだ。

はっ、として腕にぶら下げたままだった袋から、水を取り出す。

「ほらっ、水だ！　冷たいよ、さっき、自販機で買ったばかりだ！」

私は懸命にペットボトルのキャップを開けて、永ちゃんに手渡した。彼の右手を、自分の両手で挟んでそっと、唇へボトルの口を傾けさせる。

水は冷たく、永ちゃんの唇を濡らした。

彼はそれを、音を立てて飲んだ。ごくっ、ごくっ、と嬉しそうな喉の動きに、私はホッとする。ああ、まだ、水を飲めるんだ。

「あぁ……」

優しくため息をついた永ちゃんが、幸せそうに目を閉じる。

「うまい。涼には……、お礼が、言い切れないな」

ぽつりと、永ちゃんが呟いた。

「借金だけはするな。あとはお前の人生だ。好きに生きろ」

「え、永ちゃん？」

「お前の選んだ道は間違っちゃあいない」

「やめてくれよ、そんな。これから死ぬみたいなこと、言わないでくれよ！」

口が大きく開き、下あごだけ二度ほど動く。そして、大きく、ふーっと息を吐いた。

「永ちゃん！」

名を呼んだ。彼の右手が力を失い、ペットボトルが床に落ちて、だくだくと水をこぼしていく。膝が冷たい、膝が痛い。

永ちゃん。えいちゃん。

「なあ、永ちゃん！　起きてくれよ、たのむよぉ！」

目が開かない。永ちゃんはほのかに笑ったまま、私の目の前で力をなくしていく。

いつものようにおちゃらけて、目を開けてくれると思った。なんちゃって、と言い出すことを願った。でも、目を開けない。目を開けて、くれない。

「永一さん！」

ドアの外から、ヨシさんの叫び声が聞こえる。甥である彼の、絶望を帯びた声。

「救急隊が来るぞ！　救急車が来るんだ！　がんばってくれ、永一さん！」

「永ちゃん、大丈夫だから！」

二人で手を握る。永ちゃんがもう一度、目を開けた。


ふっと気が付くと、私は木製のベンチに座っていた。

見上げた先に、十字架、そして輪の形をしたシャンデリアがぶら下がっている。両側の壁には、ステンドグラスがはめ込まれていた。

右側のステンドグラスは、虹の架かった青空をモチーフにしているのだろうか。向かって左側は、空から金色の光が降り注いでいる光景に見えた。

「……夏春君」

そっ、と手を握られる。私がのろのろと顔を横に向けると、黒髪が顔の前にかかった。

べっとりと、脂の付いた、汚れた黒髪。メガネがずるりと落ちていきそうになる。

「ほら、見てごらん」

遠くに、永ちゃんがいる。いいや、いる気がしただけだ。

そうだ。だって。

あの日、救急車が来た時にはもう、永ちゃんは亡くなっていた。今日は彼の、葬儀の日だ。厳かな雰囲気の中で、多くの人が祈りをささげる。短くすすり泣く声も、聞いた気がした。私の隣で手を握っていてくれるのは、山本先生だ。

もうしわけない。私の面倒を見ていてくれたのだろうか。

私は黒いスーツを着ていて、ちゃんと、喪服姿だった。

「……永ちゃん」

名前を呼ぶ。でもどこからも、返事はない。

それから、どこをどう帰ったのか。心配する先生を、どう振り切ったのか。覚えていない。

気が付くと私は家にいて、雨漏りの修理が終わった天井に、奇妙な模様が浮かんでいるように見えた。白い光があちこちを飛び回り、私を観察する目のように見える。

ただ分かるのは、私がどれだけひどい人間だったか、ということだ。

自分の薬が変わったことで手一杯。たったそれだけだ。薬が変わったんだ、という事実にとらわれて、何もかも、悪く考えていた。

体調不良に陥っていた永ちゃんのことを、気にかけもしなかった。


生きていていいのだろうか。

こんな、こんな私が。こんな、自分のことばかり考えて、本当にすべきことを、見失い続けて、とうとう。とうとう、永ちゃんは、死んでしまったのではないか。

私のせいではないだろうか。

薬が、ではない。薬が影響したんじゃない。私だ。私が、そもそも、すべてをダメにした。

手元に山のように薬があった。山本先生の処方してくれた薬ばかりじゃない。遠い昔に処方されて、結局捨てられなくて取っておいたもの。善意から、いろんな人が残してくれた常備薬。

一粒取り出すと、一つ楽になる気がする。

水に溶かして一気に飲むと、罪が消える気がした。

いいんだ。これでいいんだ。飲んで、飲んで。水に溺れる。

真っ青な光が周囲を包み、青い箱の中に自分の身体が浮いていく。四方に絵画の額縁があり、天井と床には油彩画のためのキャンバスがあった。私の描いていた、あの、黄金の髪に青い目の少女が微笑んで、私を見ている。

——死。

ああ、そうか。私はこれで、死ぬんだ。

「何か欲しいものはある？」

黄金の髪の少女が、ラファの声で囁いた。彼女の唇はピンク色で、にっこりと笑うと、甘い香りがしてきそうだった。

「……何もいらないよ、何も」

私は心底、そう思った。永ちゃんは、旅立ってしまったのだ。

神の国。彼が信じ、彼が愛した、イエス様のもとへ。

ならば私が欲しいと言って、どうして、手に戻ってくるだろう。願って、ねがっても、戻ることはない。時間が二度と、戻らないように。

「何もいらないんだ、ラファ」

私は静かに、そう告げる。床の冷たい感触が、ぐうん、と私をどこかへ引きずり込む音がした。


【四】

暖房の効いた空気の中、私は大きく、息をつく。すると、私の手をつかむ、温かな右手があった。

「夏春さん。夏春さん、聞こえますか？　聞こえていたら、手を握ってみて」

私は声を出せないなりに、そちらへ眼をやる。ぼんやりとした意識の中で、誰かが隣に立っているのを理解した。

女性だ。薄い青い制服、看護師っぽさを何となく感じた。私は、少し、強めに彼女の手を握って、声が聞こえていることを伝える。

「……良かった」

彼女は私に、微笑みかけた。私は天井を見上げて、何か言葉を探した。

「きょうは、なんにち、ですか」

かすれた声を出す私に、彼女は答えた。

「今日は二〇一四年の十月の三十日です」

「三十日？」

呆然と、私は呟く。私が倒れてから、少なくとも数日は眠ったまま過ごしていたらしい。

すると足音が響いてきて、私の横に人影が立った。

「おおお。起きたな。夏春くん」

ぼんやりと、聞き覚えのある声がした。

「主治医の守谷です。久しいなぁ」

寝ている私に視線を合わせるかのように、身体をかがめる彼の顔が、まだよく見えない。だけど、そこにいることは、分かる。

そして、守谷という名前にも聞き覚えがあった。五年以上前だろうか。当時、私が入院していた病院があった。しかし、正直相性も良くなく、治療も進まない。そんな状態から母を通じ、退院の手引きをしてくださったのが、守谷先生だ。

「せんせい、わた、しは」

何度か瞬きをすると、目にゆっくりと涙の膜ができて、先生の顔形が見えてくる。そうだ。白目の割合が黒目より少し多く、瞳がまん丸で、こちらをじっと見てくるこの顔立ち。

自然と、頭の中の五年前に会った守谷先生を思い出せた。

「もりや、せんせい」

「おお、夏春くん。覚えていてくれたか。……君は、大量服薬をして、死のうとした。分かっているかい？」

「……はい」

ぼんやりと答えると、守谷先生は続けて言う。

「倒れていた夏春くんは、偶然、家を訪ねた人によって発見されて、この病院に運び込まれた。治療自体は順調だったけれど、君自身がひどく疲れていたみたいでね。何日も寝たり起きたり、ぼんやりとしていたんだよ。ほら、見えるかい？　入院診療計画書。ここは、まきの病院、という病院だよ」

私の目の前に、書類が示される。まだ全体像はぼんやりとしていたけれど、まきの病院、という文字は、守谷先生が指で示してくれたこともあり、よく見えた。

「間一髪、生命はとりとめたけれど……まだしばらく入院が必要だ。ゆっくり、治していこう、もう大丈夫だよ。君を夜遅く、ここまで運んでくれた人のためにもね、できることからしていこう」

先生の言葉に、ゆっくりと頷く。

(運んでくれた人が、いるんだ……)

喜びを感じた自分に、涙がこぼれた。

死んでいいと思って薬を飲んだ。運んでくれるような人など、いないと思っていた。なのに、私は、運んでもらえた事実に、幸せを感じている。

「今はまだ、ゆっくり眠ろう。よし、よし。もう大丈夫だ、夏春くん」

先生の声が聞こえる。


――私は、どうして、生きているのですか。


聞こうとした私の瞼が、ゆっくりと重くなる。次第に意識はとろけ、私はまた、眠りについた。

ゆっくりと、しかし、確実に日々が過ぎていく。病院のベッドに寝ていると、すぐうとうと、眠気に襲われた。夢を見ることはなく、眠っていた、という実感だけが残ることが大半だった。

守谷先生は私のベッドサイドに来ると、だいたい、何かしら話をしていく。この時ばかりは、私の眠気も少しだけ良くなった。

「夏春君は、ずいぶんと無理していたみたいだなぁ。バイトもそうだけど、その。大切な友人が亡くなられたのを看取ったと、山本先生に聞いたよ」

「……そうなんです、先生。永ちゃん……三宅さんに助けてもらうだけじゃなくて……もっと、たくさんの人に、手助けをお願いできるようにならないと、って」

目じりから、涙が落ちた。守谷先生がポケットから、しわくちゃになったポケットティッシュを手渡してくれる。ありがたく受け取り、目がしらに当てた。

「そうか、そうか。君は、その。ずうっと昔に入院していたあの頃に比べると、変わったな。もちろん、良い意味でだ」

「……良い意味で」

私は守谷先生の言葉の意味を考えた。良い意味で、私はいったい、どう変わったんだろう。

ぼんやりするうちに、また時間が過ぎた。

昼時になり、運ばれてくる食事に、季節の変わり目をふと感じ取った。

（ピーマンとなすがない……ああそっか、もう収穫はとっくに終わった時期だ）

ごま油の香り漂うかぼちゃの煮物に箸をつけ、ふと考えた。農園へ連絡をしていないが、野菜はどうなったんだろうか。退院したら、そちらにも連絡を入れないと。

考えながら食事を終えて、若い女性看護師が担当する配膳車へトレーごと運ぶ。

「ありがとうございます」

私が頭を下げると彼女は、にこっ、と微笑んだ。

「夏春さん、お食事美味しかったですか?」

「ああ、おいしかったです……アハハ」

部屋に戻り、私は久しぶりに鏡を見た。なんだか急に、自分の姿が気になったのだ。

普段の数倍はボサボサな頭を、慌てて少し水をつけながら整える。誰も来る気はしないが、山本先生はもしかしたら顔を見に来るかもしれない。

顔を洗うと、窓の外に揺れる竹林や、めくれかけのカレンダーに、やっと目を向ける気力が出た。

と、廊下側から足音と共に、人の気配が近づいてくる。引き戸越しに顔を出した人物に、私は驚いた。

「やあ、なっちゃん」

中尾牧師が、にこやかに立っている。

「……こんにちは」

「お見舞いに来たよ」

手渡された紙袋を思わず受け取る。中にはちょっとしたお菓子や、清潔な靴下が入っていた。素直に「嬉しい」と思う反面、胸のうちに「どうして」という疑問が湧きあがる。

「ありがとうございます……ええと」

久しぶりに、病院のスタッフや守谷先生以外と話すせいか、口の中が乾く。中尾牧師は驚きのあまり、言葉のおぼつかない私に、

「ホッとしたよ。ちゃんと食事も食べているみたいだし」

と、言う。先ほどの配膳車での会話を見ていたのだろうか。

私は、ふと思い立って、問いかけた。

「……中尾牧師。私が倒れたのを見つけてくれた方がどなたか、ご存じですか？」

「山本先生から聞いた範囲ですが……。小豆沢記子さんと、そのお母さんだそうですよ。記子さんが山本先生に連絡して、それで守谷先生がいる、ということで、まきの病院へ運んだのだそうです」

どうして記子さんの名前が出てきたのか、私は理解できなかった。

「……えっ？」

私は思わず、聞き返すような声を上げてしまう。中尾牧師はその当時のことを思い出すような顔つきで、説明してくれた。

「なんでも、最近あれこれ気にかけてくれるお礼のために、お母さんと相談して君の家を訪れたそうです。でも、声をかけても君が出てこない。庭が荒れ放題で、玄関先に配達さ

れたらしき野菜が腐っているのも気になる……もしや、と引き戸に手を掛けたら、鍵がかかっていない。これは変だと思ったみたいで、中を見たら、君が倒れている」

「それで、山本先生に？」

「ええ。記子さんが、これは大量服薬をしたかもしれない、って。現場に山本先生が駆け付けるまで、君の様子を見ていてくださったそうです」

不思議でならなかった。記子さんとは確かに、親しくしている。だけど、まさか、家に母親と共に礼を言いに来てくれるような間柄になったとは、思ってもみなかった。

黙り込んだ私に、中尾牧師が言う。

「彼女は貴方が入院してから、たまたま、山本先生の所で私と行き会いまして、それから教会に顔を出すようになったんです。貴方に元気になってほしいけれど、メールでは負担になるのではないか、と相談されて。それで、よかったらお祈りに来ないかと言ったところ、貴方のことを熱心に祈っておられますよ。助かるように、少しでも気が楽になるように、と」

「どうして」

疑問が口から出る。私の方をじっと見て、中尾牧師が続けた。

「では、逆に。もし、夏春君が倒れた小豆沢さんを見つけたら、どうしますか」

「そりゃ救急車を呼んだり、山本先生に相談したり。何より、心配します。……教会で、祈ることも、もしかしたら、考えるかも……しれません」

「おそらく、それが答えです。彼女は自分が成せることを、貴方にできるだけしたかった。貴方はご自身が思っている以上に、彼女の助けになっていたのですよ」

ベッドに座りこみ、私はうつむいた。そうでなければ、目元に浮かんだ涙を、中尾牧師に気付かれてしまいそうだった。

「貴方が生きている。それだけで、彼女はきっと救われました」

私の肩に、中尾牧師が手を添える。じんわりと温かな、人の熱。腕の中で冷たくなる永ちゃんの体温を思い出す。しかし。中尾牧師がそばにいることで、静かにその光景だけを思い出せた。

「私はこれから、別の人のお見舞いに行かねばなりません。それでは」

「そうなんですか」

「ええ。ええ。大丈夫ですから、では」

「はあ……」

まるで何か、隠し事をするように、大げさに身振り手振りをして、中尾牧師が部屋から出ていく。ベッドに腰かけたままだった私は、中尾牧師へ席を勧めなかったことに気が付いた。ベッドサイドの丸椅子が、ぽつん、とたたずんでいる。

するとまた、引き戸の外で、足音が聞こえてきた。

「失礼します」

さらり、黒髪が揺れた。

「記子さん！」

私は驚きに目を丸く見開き、立ち上がる。

彼女は私に微笑みかけ、小さく手を振った。

「こんにちは、涼君」

「あ、ああ。ええと！　どうぞ、お、おかけください！」

中尾牧師に勧められなかった椅子を、手で示す。記子さんは頷いて、そこへ座ってくれた。

いつもの黒縁眼鏡と、色彩が可愛らしいタータンチェックのコートが目に入る。ふわっとした毛足が長めのウールのコートに合わせたかのような、今日は見るからに暖かそうな雰囲気だ。足元は、チョコレート色のショートブーツだ。

私は、病院の部屋着であることを、少しだけ恥ずかしく思った。記子さんのトラッド風の服装に、あまりにも私は不釣り合いだ。

ベッドのより枕に近い方、つまり、記子さんからは大きく距離を空けた場所に腰かけ、尋ねる。

「……それで、お見舞いに来てくれたんですか？　あ、いや。責めているとか、嫌だとかじゃないんです！　どうして、と思って。すごくうれしくて」

「私が来たかったから、それだけ。びっくりさせてごめんね？　連絡も不十分で……」

「いえいえ！　携帯も、電源切れていますし」

一番大事なことを言い忘れていた、と私はハッとして姿勢を正す。

「記子さん。中尾牧師に伺いました……助けてくれて、ありがとうございます」

深く頭を下げると、記子さんが慌てたように両手を胸の前で振る。

「かしこまらないで！　……せっかく、涼君とは仲良くなれたのだもの。その、三宅さんという、ご友人の話も聞いていて、心配していたんだ。たまたまでも、家に行けて本当によかった……。それに、安心した。助けても、良かったんだって」

胸に左手を当てて、彼女はうつむく。その手が、血の気が引いたように白く、わずかに震えていることに、私は気が付いた。

「記子さん……」

「……涼君が倒れているのを見つけて、事故で脳を損傷した友達が、死んだ時を思い出した」

彼女の頬に実際には、涙は流れていない。しかし私には、彼女が泣いているように見えた。

「私、その子と、お話もした、メールもした、会いにも行って、そして最期を見送った。でも、何か。心残りのような、後悔のような、言いようのない感情がまだ残っている」

記子さんは胸に手を当てて、唇を引き結ぶ。

「だから。万が一、誰か、私の大切な人に何かあったら、悔いないように、できる限りをしよう。そう……心に決めていたの。だから、たぶん、半分は自分のためだったのかも」

記子さんはそう言って、微笑んだ。

彼女の両親のうち、母親の陽向さんとは、私も話している。突発的な行動が昔から多く、一度友達ができたと思っても、いつしか離れていってしまうこともあった、と。

そんな彼女が、大事にしていた友人。その友人との思い出が、私を助ける原動力の一つになっていた。

なんとなく、永ちゃんに頼らないように、と動き出した自分自身を重ねてしまう。友人がきっかけで変わろうとした私と彼女には、似たところがあるように思えた。

すると、記子さんが紙袋をベッドサイドのテーブルに置く。

「これ、お見舞いの品です。もしよかったら、食べてください」

「ありがとう！　ええと、中を見ても？」

「もちろん」

私はまだ、目の前の出来事が信じられないような気持ちでいた。記子さんが私を心配して、私のために病院にきて、お見舞いの品までもってきてくれた。いや、記子さんだけではない。中尾牧師もだ。

今日だけで、二人も、私のことを考えて、お見舞いに来てくれた。

「中身はね、私が選んだから、もし嫌いなものがあったら言ってね。えーと、ミルクボーロでしょ、キャンディー、それと桃缶！」

袋の中には、彼女が言ったもの以外にも、ペンと手紙が入っている。

「ミルクボーロ！　美味しそう」

ホッとした様子で、記子さんが両手を膝上に戻した。

小さく歯をこぼして笑う彼女に、胸の奥がドキリとする。恥ずかしさと、嬉しさが混ざり合った感情が込み上げた。

中尾牧師に言われた「もしも、私が倒れている記子さんを見たらどうするか？」という問いかけを、改めて思い出す。私もきっと、彼女の元に駆け付けて、すぐさま救急車を呼ぶだろう。こうしたらどうなるか、とか。助けるのは悪いことか、とか何も考えず、駆け付けるだろう。

「じゃあ、そろそろ行くね。まだ、たくさんお話はしたいけれど、あっそうだ。携帯の充電器ってある？」

「また購買で探してみるから、大丈夫」

「つまり、ないってことだね。じゃあこれ！」

記子さんが私に、充電器を手渡す。彼女の手が、私の手と触れた。

私は自分が、ドキリ、とまた胸を高鳴らせるのではないかと思った。しかし、訪れたのは、安心感だ。彼女の体温をきっかけに、自分の体の中が温められ、温かい息をつく。

「本当にありがとう、記子さん……」

さっそく、私は充電器と携帯電話を接続し、ぴかり、と赤いランプが灯るのを確かめる。

「じゃあ。えっと、また、メールする。また会いに来るよ、涼君」

「……うん。ありがとう」

たった数分で、何度、ありがとうと言ったんだろう。そう言えることに、私は深く感謝していた。記子さんが立ち上がり、部屋を出ていく。

私は部屋の出口まで見送り、ベッドに戻った。あまりベッドから離れると、彼女があれこれ心配するかもしれない、と思ったからだ。

それと共に、あの、ちらりと見えた手紙も気になっていた。

「……このペン、なんだろう。ボールペンかな」

私は手紙を取り出し、封を開けた。中身は、真っ白だ。

何も書かれていない。記子さんが入れたからには、意味があると思うのだけど。

「……あっ、もしかして。これに手紙を書いて送ってほしい、とか？　いや、何かメッセージがあるかも」

落ち着いたときに、確かめなおそう。私は中尾牧師が下さった袋に、手紙とペンを一緒にいれた。

入院診療計画書には、食事制限は書いてなかった。ミルクボーロに手を伸ばし、袋を開ける。

口に入れた、まあるいお菓子。それは、さらりと優しく溶けていった。

＝＝＝

入院してから、一週間後。

「夏春君、ずいぶん顔色が良くなったねぇ」

守谷先生は私のベッドサイドで、嬉しそうに言った。

「その。えーと、こう言うと変なんですが、私も気持ちが落ち着いているのを感じているんです」

「変ではないよ。いつもいろんな人が君に会いに来るから、たっぷり休む時間と、いい刺激を受けられる時間。そのバランスがちょうどよくなっているのかもしれんな」

記子さんが面会に来てから、しばらく。かつて私のソーシャルワーカーを受け持ってくださっていた西村裕樹さんが、こらーる岡山診療所に通う人を数人連れて、来てくれたことがあった。私が姿を見せないのを見て、心配してくれたという。

小さな袋菓子をいくつかお見舞いに。それと、こらーる岡山診療所の様子や、山本先生の話も聞いた。

三宅商店のヨシさんが、顔を見に来てくれた日もある。永ちゃんが亡くなったのを、一緒に看取ってくれたからこそ、ヨシさんと話せることもあった。

「実は、俺も母さんも、永一の体調が悪いことは、ずっと知っていたし、分かっていたんだ」

「サエコさんも……いつごろから？」

「去年の六月ごろ。もう、薬を飲まないといけないくらいになっていた。でも、お前には黙っていてほしいって、言われていたんだ」

「……心配してほしくなかったんですかね」

思わず、すねた子どものような口ぶりで私は言ってしまう。ヨシさんは、首を横に振った。

「ちがう。あいつは、菅野さんに憧れていた。彼のように、苦しみを自分なりに受け入れながら、最後まであらがうことなく……自分自身として生き抜きたい、そう思ったんだろう。だから、心配してほしいとか、ほしくないとかじゃなくて……」

「……永ちゃんらしくいるために、必要だった」

「うん、そう思う。っ……く」

二人で最後には泣きながら、思い出を語り合っていた。声が聞こえたらしい看護師さんが様子を見に来たくらいには、泣いた。気持ちはすっきりしたけれど、永ちゃんに聞かれたら笑われてしまいそうだ。

自分が得たつながりを、私は実感していた。自分で動いたことは、決して無駄じゃなかったんだ。

病室から出て、病棟内を歩くことも増えた。どこまでも白い壁、少し古さを感じさせるアイスクリームの自動販売機。その近くに、白いソファが置かれている。

第二章　風

私はソファに腰かけて、ぼうっ、と周りを見回した。たまたまだろうか。雨戸が閉じられており、少し薄暗いのが逆に落ち着く。

「おはようございます」

入院している人が、話しかけてくることにも慣れた。

「おはようございます」

「どちらから？」

「えーと。ここからですとねぇ……」

日常の会話が、ゆったりと流れていく。そんな日々を送っていく。

体調は回復しつつあり、退院も検討されていた。入院診療計画書に書かれた予定通り、今のところ進んでいる。病院という環境で落ち着いて食事が取れて、衣服も清潔を保てて、外からの物音に目が覚めることもない。

廊下で誰かが好きな時に、丸くなって寝ていられるような、ここはとてもやさしくて、静かな場所。

ゆっくりと歩く老人が、廊下で静かに外を眺めていた私に、声をかけてきた。

「こんにちは」

「はい、こんにちは」

「……あなたは、仏さんですかねぇ？」

老人が突然、私に言った。彼の顔を見つめるが、どうやら本気で言っているらしい。私は思わず、自分の耳たぶを触る。もしかして福耳だから言われたのだろうか、と思ったがそこまで耳たぶは分厚くないはずだ。

「……いいえ、仏では、ないですね」

「そうですかぁ。いやあ、いいお日柄で」

老人は特に怒らなかった。私と一緒に隣り合って並び、楽しそうに昔話を始める。

たったそれだけ。いや、だからこそ物事の表面だけを切り取って単純化することができない難しい光景が、ここにはある。

積み重ねられた安心感が、自分の気持ちを落ち着かせているのが分かる。何より、山本先生と話し合って変えた薬を、定期的に自分が飲めていた。

薬のせいだ、と恨んで、呪って、飲まなくなった薬たち。

でも今は、飲む理由に納得できている。

これからは、山本先生の指示通り服薬していける自信がある。

これなら予定通り退院できるだろう、と守谷先生にも言われた。

ベッドサイドではなく、外の庭で、だ。心地よい風が吹き、芝生には薄く枯れた草も交じり始めている。私は病室の中だけでなく、外も自分の気が赴くまま、あまり寒くない時間帯を見計らっては出歩けるようになっていた。

「退院の話はね、落ち着いているからって、だけじゃないよ。体調もずいぶんよくなっているし、何より君が『こう思うんです』と、私に話してくれるようになった」

「そう、でしょうか?」

「うん。昔の君だったら、言わなかったことだよ。いい風に、あるいは、君自身が願った方へと、変わっていると思う」

私は守谷先生に、そっと打ち明けた。

「実は……入院するより、もっと前。その、倒れてしまう一カ月くらい前から、薬に対して不信感を抱くようになっていたんです。体調が悪化して、そう。ラファと会う日も多くなりました」

「ラファは、なんて?」

「……最近は、思い出せないんです。彼女と過ごした日々が、なんだか遠くに行ってしまったような気がして。彼女とのことを、山本先生にさえ言えなくなっていきました」

守谷先生が、うん、と頷く。私は履いている靴の先を見つめた。永ちゃんにもらった、あの靴だ。

「山本先生に、『薬が変わったから少しでも気になれば相談してほしい』と言われて、私もそうしようと思っていたのに。だんだん、うまくいかない、なんで、どうして。ああ、薬を処方される前に帰りたい……と、願うようになったんです」

「だから薬を、飲めなくなった」

「はい……」

薬が絶対に治療に役立つわけじゃない。もちろん、頼りにしている人も多いし、自分もその一人だ。しかし、正しく使うことが大前提。なのに、私は「相談してみてくれ」と自分を心配する人をよそに、声をかける勇気さえ手放してしまった。自分を大切にできなくなっていった。

「……ちゃんと正直にそのことを、山本先生にも話してみるといいよ、夏春君。君なら大丈夫だ、ゆっくりいこう」

「はい。……そうします」

風が吹いている。そして三日後、私はまきの病院を退院した。

永ちゃんにもらった靴。長袖のパーカー。新しく買った、黒いジーンズ。

どれも、退院前日に外出許可をもらって、買ってきたものだ。もちろん、記子さんにもらった品は、中尾牧師がくれた袋に入れて持っている。結局、真っ白な手紙をどうすべきかは分からないままだ。

（ゆっくりと構えていこう。……もしかしたら、うっかり中身を入れ忘れた、とかかもしれないし）

先生たちにも挨拶をして、病院から外に出た。気持ちのいい、秋晴れだ。電車とバスを乗り継げば、帰宅できるルートを考えて、メモに記してある。

周囲を見回しそして、見覚えのある顔を見つけた。

「山本先生……！」

思わず、声を上げる。先生が来るなんて、思いもよらなかった。

薄い青のシャツに、そろいの色のジャケットとスラックスを合わせた先生が、私に手を振る。

「おぉい。元気そうだな」

「どうしてここに」

駆け寄ると、先生はにこやかに言う。

「迎えに来たんじゃ。守谷君に、話を聞いてな」

ここから私の家までは、高速道路を使って一時間ほどで到着できる。しかし私は、自動車免許もないし、運転もできない。先生はそれを、心配してくれたのだろう。

「先生。……すみません」

自然に私は、頭を下げていた。山本先生が、そっと肩をさする。

「実は。入院前に、私は、体調が悪いの、薬のせいに、してたんです」

山本先生はじっと黙ったまま、私の方を見つめていた。だから、私も、言葉が途切れないように、一気に話す。

「それでっ。私は、薬を飲むのを、やめてしまいました……」

「うん。苦しいのが、わしに言えなんだっちゅうことやな」

「……はい」

関山さんに最初に出会った時の言葉が、脳裏をよぎる。

金があれば結婚もできる。好きな時に酒が飲めて、流行の服だって買える。気が向いたら勉強して、人生をやり直すことだって夢じゃない。今日のように、山本先生に迎えに来てもらわずとも、タクシーで帰ることだって、できたかもしれない。

金っていうモノはその価値に留まらず、心も豊かになる。今なら、少し分かる気がする。でも。その価値を知るために必要なことを、私は今、しているんだ。

「先生。私は、苦しかったなら、つらかったなら、病院で少しでも安らぐ道を模索する。あるいは、教会で静かに祈る。そんな方法だって、あったはずでした。でも選ばなかった。それは心のどこかに、菅野さんや永ちゃんに、憧れる思いがあったんでしょう。でも憧れたところで、私は彼らにはなれません」

永ちゃんは、死場（しにば）をあの家に定めた。私は彼の死に胸を痛める時に、自分が周囲に反発を繰り返し続けた過去を、思い出すことに気が付いた。

心穏やかになるたびに、幼い日の自分が遠のくのを感じていく。それは、生き方が全く違っていたからだ。幼少期の私というのは、自分に無理やり負荷をかけて生きていて、今の自分とはまた違う、別の自分だった気がしている。

ゆっくりと、少しずつ。

今は、共に笑い共に涙を流す人。つまり、これまでつながった誰かと共に、生きていく自分になろうとしている。

その決意を伝えたいが、私には言葉が見つからなかった。

その時だ。

ふっ、と私の口を、衝いて出た。

「神は、どのような苦しみのときにも、私たちを慰めてくださいます。こうして、私たちも、自分自身が神から受ける慰めによって、どのような苦しみの中にいる人をも慰めることができるのです」

山本先生がどこか、驚いた顔をする。

「……中尾牧師から聞いた覚えがあるな。たぶん、それは、聖書の言葉じゃろ」

「は、はい。……どこかで、覚えてしまったんでしょうか」

「君はメモを何度もとるからなぁ。もしかしたら、気持ちが楽になったことで、覚えとった言葉が出てきたのかもしれん」

今までは、言葉が見つからなくて、メモ帳を開きたくなるのが常だったのに。

でも、今の私は、言葉を紡ぎだせた。聖書という媒体を介して、告げることができたのだ。

「大丈夫だ。夏春君。……苦しいって、言えなかったこと。薬について、不安があることを、君は言えなかったとちゃんと自覚した。そして、わざわざ、わしに謝ろうと思ったんじゃろ?」

「わざわざって、そんな」

「悪いことした、しもたー、って思っても、謝れない人間はたくさんおる。自覚した君は、それだけでもう、自分そのものに向き合おうとしておる。それは、君が得た、生き方だと思うんよ」

私が黙っていると、先生がさらに続ける。

「今回、君がわしに薬のことを話してくれるだろう、という期待を、ある意味裏切った形になった。でも、裏切られたり、嫌がられたりしても、そんなことは大したことじゃない。それよりも……そこから君が自分は悪い、だめだ、よくない、そう繰り返した結果、なんも信じられなくなるということの方が、それよりはるかに怖いことなのだな」

先生は目を細めて、私の方へ手を伸ばす。

「幸せとは、地味だけれども輝き続けてやまない、どちらかといえば平凡な日常の中にこそあるのかもしれないな」

山本先生が、私の背を軽くたたいた。

「さあ、帰ろう。君の家へ」

家の中は、埃が増えているだろう。雑草も生い茂っているだろう。でも、その手入れをし、掃除にいそしむ。それは、平凡な日常であって、同時になんて幸せなのだろう。素直に私は考えた。

「はい、先生……」

私は頷いた。おおきく、はっきりと。

第二章　風

＝＝＝

三宅商店の店先には、本格的な冬を前に、雪かき用品などの商品が並んでいる。品出しをしているヨシさんが、私に気が付いてか、振り返った。

「おおっ！　涼！」

「ヨシさん。……お久しぶりです」

頭を下げると、彼が駆け寄ってくる足音がする。

「いやあ、よかった。無事に退院できて……本当に、よかった」

背を叩きながら、ヨシさんが私を店の中へ入れる。すると、サエコさんがぱっと立ち上がり、満面の笑みを浮かべながら、私を優しく抱きしめた。

私はそれを自然と受け入れ、彼女の背に手を回す。心配をかけたんだ、と、はっきりと身に染みるほど分かった。

体を放しながら、うっすらと浮かんだ涙をハンカチでぬぐい、サエコさんが言う。

「永一の体調が悪いのはね、知っていたの。で、実を言うとね、病院にも通わせたし、入院するように言い含めもした」

「……永ちゃんは、嫌がった？」

「そう。あいつのしそうなことというか……最期をどう迎えるのか、自分なりに考えた結果だったんだろうねぇ。それに、がんばっているあなたに心配をさせたくなかったんでしょう」

　私は持っていたカバンを握りしめながら、首を横に振った。

「それでも、頼ってほしかった……」

「いいや、永一は頼ったよ。お水、運んできてくれたでしょう」

「……でも、あれは」

「本当に死の間際に、誰に助けを求めようか考えて、姉の私じゃなくて貴方を頼ったの。それは、頼ったって言うんじゃない？」

　ヨシさんも強く頷いた。

「そうだよ。ドアを破る音を聞いて駆けつけた時、ああ、涼の腕の中で死ぬのを選んだんだ、と思ったんだ。……間に合う、間に合わないじゃないよ。あいつらしい死に方をするために、最後の最後に頼った証がきっと、あの水だ」

　私の手を、サエコさんが包む。あたたかくて、優しくて。大きい手だった。

「ありがとう。永一を、看取ってくれて」

　私はもう、何も言えなかった。後からあとから、涙が両目からこぼれてくる。少しだけ、あの日の「水だけでいいのか」と思った自分を、許せるような気がした。

　イエス様を見つめて、天へと旅立ったであろう永ちゃんを、私は支えられただろうか。

　彼が最期まで、祈りをささげる手伝いができただろうか。

いいや、きっとできたんだ。きっと。

ぐすぐすと泣きながら、私は顔をぬぐう。

それから、長いこと二人と話をして、私は商店を後にした。夕飯を食べていけ、と言われ、たくさんの永ちゃんの思い出で、笑いあった。

夜遅くなり、ヨシさんが送り届けてくれた。もう一週間後から新聞配達のバイトを再開させるために、また明後日、店を訪れる約束もする。

翌朝。

私は、中尾牧師に退院の挨拶をするために、教会に向かって歩いていた。

草木は秋の色へすっかりと変わり、夏を忘れたような、茶褐色の色味で覆われていた。

でも、嫌いではない。むしろ、落ち着いていて、好ましいようにも感じられる。

教会に到着すると、紅いスポーツカーが駐まっていた。見覚えのある、あの大柄で、横に広めな彼の姿も。

「関山さん！」

私は彼の名を呼ぶ。関山さんは眼鏡の奥にある目を細め、言った。

「偶然だが、ちょうどいい。退院、おめでとう」

彼が小さな封筒を押し付けてくる。重みと、サイズからして、金の入った封筒だ。

察して返そうとした私に、関山さんが言った。

「返すなよ。……返さないでくれ。俺からの退院祝いの金だ」

「でも」

「死んでせいせいしたよ、あんな人。もっと楽にいけばよかったんだ、病院とか、そういうので」

関山さんは遠くを見ながら、車に体を寄りかからせてそう言った。封筒を絶対に受け取らないという意思表示をするように、ポケットへ両手を突っ込む。

「楽に死ぬ方法を選ばないなんて、馬鹿げているよ。入院する金が、ないわけじゃないくせにさ」

思わず彼の肩を、励ますように叩く。

言葉だけを聞けば、決して、良い意味ばかりではない。だが私には、関山さんの強がる気持ちや、どうしようもない感情が、ないまぜになった言葉だと伝わった。

「……永ちゃんは、イエス様を見て死んだと思う」

私が言うと、関山さんは肩をすくめて笑った。

「どうだか。案外、お前自身だったかもしれないぞ」

「それはない」

はっきり否定した私に、関山さんがまた、肩をすくめる。そして、きびすを返して大股に運転席に戻ると、座った。鍵をかける音が響く。

私は手にした封筒を、そっとポケットに押し込んだ。

使わずにとっておこう。関山さんの気持ちを、ここにとどめておこう。いや、本当にどうしようもなく困ったら、使うかな。

でも、以前の私だったら、使うという選択肢すら考えられず、本当にこのお金を今すぐ関山さんの車のワイパーに挟んでいたかもしれない。

でも今は、そればかりでない、と思う。

伝える言葉も、伝え方も、人によって違う。だから人は、相手に憧れて、分かろうとして、それで失敗してなお、もがくんだ。

私は関山さんのエンジン音がする車から離れ、教会の中に入った。

時間にすれば、長い時が経ったわけではない。しかし、今日は新鮮な気持ちで足を踏み入れることができた。

中尾牧師が、私の方を振り返る。彼は、教会に差し込む太陽光を背に受けて、温かさを実感している。そんな顔だった。

「おおっ。なっちゃん、よく来てくれました。退院した旨、山本先生から電話で聞いていたんです」

「ありがとうございます。入院中、お世話になりました……その、中尾牧師。実は今日、お願いがあってきたんです」

病院で落ち着きを取り戻して以来、ずっと、胸のうちで考えていたことがある。今日はその考え事を実現させるため、ここに来た。

「洗礼を受けたい、そう考えています」

なぜ、とも、どうして、とも、中尾牧師は尋ねなかった。一つだけ頷いて、右手でかたわらのテーブルを示す。椅子が二つ、テーブルのそばに並んでいた。私たちは向かい合い、椅子に腰かける。

小さく息を吸って、私は中尾牧師に話し始めた。

かけがえのない友人であった永ちゃんが亡くなったこと、私を気遣って病気を伝えてくれなかったこと、私がカルト教団の考え方を元に産まれた子どもであり、なぜ家族と距離を取っているのか……。今まで、中尾牧師に話していなかった過去、そして、なぜ洗礼を受ける決意をしたのかを、私のつたない話を中尾牧師は寄り添いながら、長い時間をかけて聞いていてくれた。

第三章　朝

【一】

四月。私が洗礼を受けるイースター礼拝の日がきた。

洗礼式では「証」を皆の前で話す。

証とは、その人がどうやって、神を信じるに至ったかを述べるものだ。受洗まで、数カ月あると思っていたが、妹への手紙さえ、満足に書けていないのにと悩んでいるうちにあっという間に時間が過ぎてしまった。しかし、周りの人の助けもあり、なんとか証を書き上げることができた。

私は集まった人々の前に、永ちゃんにもらったあのスニーカーを履き、記子さんと初めて会った日に着ていたシャツを着ていくことにした。助けてくれた二人に、敬意を示したかったのだ。

中尾牧師が私の名前を呼んだ。私は、証の書かれた紙を開き、皆に向かい話し始める。

「神は、どのような苦しみのときにも、私たちを慰めてくださいます。こうして、私たちも、自分自身が神から受ける慰めによって、どのような苦しみの中にいる人をも慰めることができるのです。

これは『聖書』第二コリント人への手紙の、一章四節の言葉です。

私は、十四歳の時に統合失調症を患いました。

学校では、いわれのない差別を受け苦痛を味わい、地域の住民には誤解され、本来共にあるべき家族に捨てられて、友達は一人もいないというのが二十歳までの人生のありさまだったのです。

度重なる入退院を繰り返した揚げ句、『こらーる岡山診療所』へ通うことになりました。

それから六年の歳月を経て、私はこの教会にたどり着きました。

きっかけは、自分のこれまでの生涯について、文章にまとめねばならなくなったことです。

主治医である山本昌知先生に相談したところ『教会に行ってみないか』と、勧められたのです。

私は最初、教会に行きたくありませんでした。行ったところで何になるのか分からなかったからです。教会に行ってどうして、これまでの半生を振り返るような文章がかけるのか、分かりませんでした。

何より、どうしてそんな所へ行く必要があるのだろうかという疑念でいっぱいでした。

しかし、診察室から出た私へ、声をかけてくださった女性により、結果として私は教会に足を運ぶ決心をします。彼女は私が手にしていたトラクトを見て、教会のことを話し、行き渋る私にこう言いました。

『もしよかったら、遊びに来てください。中尾牧師も、きっと喜ぶわ』

まるで、自分の家に招くような気軽さでした。

そして私は、この教会を訪れたのです。中尾先生から心温まる励ましを頂き、堀内長老からは手厚い薫陶を受け、この教会に通い始めてから出会った友人と語り合いました。そして、私の症状は主治医も驚くほどの回復をみせました。

私がここまでの回復をみたのはどうしてなのか。それは私が実行した『ミニストリー』にあったのだといえるでしょう。

リック・ウォレン牧師によると、ミニストリーとは以下のことを指して言います。

『神が私に与えてくださったすべてのものを用いて、神に仕え、他の人々の必要を満たすこと』

私は昨年、親友を看取りました。彼は敬虔なクリスチャンで、あるロック歌手のファンで、スポーツ漫画が好きで、私にとても親切にしてくれた人でした。三宅永一さんといいます。ここでは、親愛をこめて永ちゃんと、いつも通りに彼を呼びます。

永ちゃんは、身体に病を抱えていました。親族によれば入院を勧めるような状態だったそうです。ちょうどその当時、私は自分の生涯を振り返る過程で心に負担を抱え、日々の生活にも事欠くようになっていました。

永ちゃんは私に心配をかけまいと、何も言いませんでした。彼の体調が悪いのではないか、と私は心配していました。問いかけたこともあります。でも、彼は反対に、私を気遣うような人でした。

そんなある日のことです。彼が私に、『水を持ってきてくれないか』と、苦しそうな声で電話をくれたのです。

私は彼の元へ水を運びながら『水だけでいいのか』と、物足りなさを感じていました。

ですが私はすぐ、その考えを後悔しました。これは彼の、まことにこの世の最期の一杯の水となったのです。永ちゃんは、私に抱かれ、天へ旅立ちました。

私は自分を恨み、呪い、水だけでなどと考えたことを恥じました。そして永ちゃんとのお別れ後、自分を追い詰めるがあまり、生を手放そうとして、入院に至るほど大量の薬を飲むに至ってしまったのです。

しかし私の元へ来てくれた方が偶然にもいて、命を救われました。他でもなく、自分が得た新たな縁によって助かったこと。それを振り返ると、私は知らず知らずのうちにミニストリーを重ねていたのではないか、と思うのです。

入院生活を送る中、地位や名誉、お金ではなく、人とのつながりが最も大事だと気が付きました。幼い自分が本当は大切にしていたものを、次第に見失い、私は自分を傷つけ、痛めつけ、不幸へ向かうような生き方ばかりをしてきました。

私の『心の病気』は幸せの何たるかを知る『チャンス』だったといえるでしょう。さらに、心の病は、人とのつながりのためのツールなのかもしれないと感じています。

主の働き人として、これからも小さい者に仕えて、共に笑い共に涙を流す人として、過ごしていきたいと思います」

拍手が、会場を包む。

話し終えた安心感に、私は心の内から、祈りをささげた。私を守るよう支える、人々のつながりに向けて。

【二】

のどかな春の日差しが庭に降り注いでいる。四月のイースター、洗礼を終えた私の日常は、変わり始めていた。

「本当に、ほんとうに入ってもいいの？」

「うん、いいよ、記子さん」

彼女に微笑みかけて、私は玄関の引き戸を開ける。今日は記子さんと前から相談して決めた、彼女を家に招く日だ。

きっかけはこらーる岡山診療所で私が見せた、家の外観を写した一枚の写真。

「改めて見てみると、すごい！」

そう言った記子さんに、つい「実際に見てみる？」と言ってしまった。周りからははやされたし、自分も言ってから顔を赤くしてしまったのだけど。当の本人である記子さんが乗り気で、大喜びするものだから、断れなくなってしまった。

「おじゃまします！　うわーっ。素敵！　ガラスの引き戸！　あっ、このすりガラス、最近はあまり売ってないんだって」

「そうなの？　古いけれど、手入れしたらまだ住めるんだよ。昔の人はすごいと思う」

記子さんを部屋の中に案内し、私は今日のために収穫した庭のハーブで、ハーブティーを淹れることにした。岡山の冬を乗り切った、レモングラスのハーブティーだ。

沸いてきたお湯をポットに入れ、蒸らす。あちこちを見て回る記子さんに話しかけようとして、私はハッとした。記子さんが立てかけたキャンバスを見つめていたからだ。関山さんが家に上がり込んできた時のことを思い出す。

あの時も、絵を描いたのをほったらかしにしていた。あれだけ床やテーブルは念入りに掃除したのに、どうして絵を片付けるのを忘れていたんだろう。

「あ、しまった！　ひ、人に見せるようなものじゃないから」

「……不思議。ねえ、私に似てると思わない？」

彼女が私を振り返って、にっこりと微笑む。

私がキャンバスに描いていたのは、少女の絵だ。弟が褒められ、私はうまくいかなかった絵。でも、描きたい、と言う感情は捨てきれなくて、最近になって色鉛筆を少しずつ買い集めながら描き始めていた。

キャンバスの中では、少女が横向きに座り、じっと本を読みこんでいる。まるで祈りをささげる最中のように身を屈（かが）め、じっと。

記子さんが横を向いて、絵の中の少女と同じポーズをとった。

「……ほんとだ」

記子さんと髪型も服装も、少女はもちろん違う。しかし、少女の横顔はなぜか、記子さんとよく似ていた。

「不思議。誰かをモチーフにしたとか、写真をモデルにしたわけじゃないんだ」

「そうなんだ！　びっくり。でも、いいなぁ、こんな古民家で絵を描くなんて。私も、この木のテーブルに座って、プログラムを組んでみたいな。そしたら、どんなプログラムでもさっくり終わっちゃいそう」

「やっぱり、場所って関係するの？」

「するする！　ほら、私が海辺に行くのも、場所を変えてリフレッシュするためだから！」

記子さんに椅子をすすめて、私はかつて永ちゃんが腰かけた方の椅子に自分が座った。レモングラスのハーブティーを、マグカップに注いで出す。ありがとう、と受け取った記子さんが、それで、と話を続けた。

「あの。運転免許を取ろうって頑張っているって、メールで言ってたけど」

「ほんとだよ。その。今は新聞配達も一人じゃ回れない場所があるけれど、免許を取得できたらできることも、行動範囲も増えるからさ」

「すごいなあ。私、運転はそもそも向いてないって、親に言われちゃっているし、自分もそう思うから……尊敬する」

ハーブティーに口をつけ、記子さんが頷く。サエコさんやヨシさん、中尾牧師、あと山本先生にも、自力で自動車学校に入学した時には、とても励ましてもらった。褒められるなんて、永ちゃんや菅野さん以外だと、何年ぶりだったろうか。

知らない標識や交通知識もたくさん出てきて、四苦八苦しながら勉強を進めている。

「もしかして、そのメモ帳。自動車学校向け？」

失敗、第二弾という感じだった。食器を置いてある棚に、数枚のメモが置きっぱなしになっている。とまれ、とか。一時停止、とか。とにかく暗記したい内容を書き出したメモで、思わず冷や汗をかいた。

だらしない人、と思われてないだろうか。

「私もつい、メモ書いて、その辺に置いちゃうんだよね。考えがまとまらなくて、よくやるの！」

「……記子さんが、メモ？」

「私はパソコンじゃないもの。プログラムみたいに、何でもかんでも覚えられないから」

ころころと喉を転がすように笑う記子さんが、カバンへ手を入れる。そして、アメカジ系のカッコイイ印象さえあるカバンから、パンパンに膨らんだ真四角の手帳が取り出された。

ぱらぱらと記子さんが、手帳をめくる。話題は一つにとどまらず、ばらばらの内容が同じページに書かれていることも珍しくない。私とよく似たメモの取り方だった。

「お母さんには『捨てなさい』って口酸っぱく言われるけど、決心がつかなくて……どこで必要になるか分からないでしょ」

そうして私たちは、ポットのお湯が空になるまで話した。メモのこと、仕事のこと、いろいろだ。

「そうだ。昨日ね、お母さんに『これ読める？』って聞かれて、分かんないからメモしたの」

「何を？」

「これこれ。私、英語はいけるんだけど、他はてんでだめで……パソコンで検索しように
も、打ち込めないから分かんないし、画像検索は綺麗に認識してくれないし」

書かれていたのは、ハングル文字だ。何かの文章を、そのまま書き写したのだろう。

「ああ。これは『おやすみなさい』って書いてあるんだよ」

「へー！　凄いね。涼君は、ハングル文字が読めるの？　韓国に住んでた、とか？」

記子さんの顔を見て、私は一瞬、言いよどむ。小学生のころ、私が韓国生まれ、韓国育ちだと分かった瞬間の、同級生の顔を思い出した。

大学の授業で習った。いや、記子さんは私の学歴を知っている。

たまたま、知っていたハングル文字だった。でもこれだと、答えにならないかも。

「っ……と、その。い、一時期、住んでいて」

恐る恐る言うと、記子さんの目が、星のように瞬く。夕暮れに上る金星のように、明るく。

「すごい！　いいなぁ。私も韓国語、話したり、読めたりするようになりたいなぁ。今ってさ、翻訳アプリの精度も上がってるんだけど、それだけじゃ日常会話って間に合わないことあるでしょ？　使える言葉が一個増えるだけでも、いろんな人と話せるんだもの」

「……そう思う？」

「うん。すごく、素敵なことだと思う」

素敵なこと、だなんて、初めて言われた。考えてみれば、永ちゃんや菅野さんの前でも、自然とハングル文字は読まないようにしていたかもしれない。まるでそれが、自分の恥部で、絶対に隠さないといけないと、どこかで思っていた。あの教室で起きた冷たい空気や、腫れ物に触れるかのような扱いが、また起きるんだと。

「……それは、嬉しいな」

自然と顔に笑みが乗る。

この日を境に、私と記子さんは、時々、家で話をするようになった。メールで話したことでも、実際に会うともっと膨らんで、表情を確かめながら話ができる。

二人で過ごす時間は穏やかで、楽しくて。もっと、もっと、もっと。

一分一秒でも長く、話したい。

＝＝＝

郊外の住宅地に通る細い道、急に辺り一面、田畑へと変わっていく。カエルも目覚めざるを得ないだろう、春の日差しに照らされて、田畑の真ん中に、十字架を掲げた大きな木造の建物が建っていた。

あくる日の午後。

私と記子さんは並んで、教会を目指して歩いていた。

「教会に祈りにいくの、続けているなんて思わなかった」

入院した私のために祈っていた、という話は聞いていた。しかし、その後も彼女は続けて、教会に通っているのだという。おとといのメールで彼女に「一緒に行ってもいい？」と尋ねられ、私はすぐに「もちろん」返事を出した。

「なんていうか。ほら、祈りの時間って、静かで、穏やかで、温かくって」

記子さんは歩きながら、そう言った。

「私ね。ほら、すぐに興味が別のものに移ったり、かと思えばすごく集中したり、いろいろとばらばらな子だったの。そんな私を見て、両親は私をどう扱っていいか、すごく悩んでた……」

最近、記子さんは私の家にパソコンを持ち込んで、プログラムを組んでいる時がある。一瞬たりとも指は止まらず、彼女が集中している間に、とんでもない量の文章が打ち込まれていく様は、圧巻だった。そのあとのチェックも、ものすごい。何度も繰り返し、丹念に、気になったところは何百回でも確認しているそうだ。

私はそれを、凄い、と思った。

だけど、たとえばこれが学校の宿題だったら？　もう答えが分かっている、何度も繰り返し取り組んだドリルだったら？

違う感想を抱くかもしれない。

「私は家族に愛してほしかった。凄いね、頑張ったね、それだけじゃない何かが欲しくて……でも。お祈りをささげている間に、なんだか。その時の、何かが……」。

「おーい」

遠くから、人の声が聞こえる。記子さんの言葉をちょうど遮ったその声に、聞き覚えがあった。

「中尾牧師！」

小高い丘の上に立って、中尾牧師がこちらに手を振っている。黒い髪の温厚そうな顔立ちに、楽しそうな笑顔を浮かべていた。

「お二人ともー、ようこそ！」

たまたま、庭に出ていたのだろうか。記子さんの言葉を遮る形になったことを気にし、私は彼女の顔を見る。

「続きを」

「ううん！　いいの。その。まだ、言葉にできそうにないから。でも、いつか話す。それより中尾牧師がわざわざ声かけてくれたし、早くいこう！」

私の前を、記子さんが早足で歩きだした。一瞬。ほんの一瞬。

記憶の隅にこびりついた、あの。草原で大人たちに押さえつけられる少女の姿が、見えた気がする。でもそれは、風に瞬く間にかき消され、記子さんの走る足音に覆われた。

後悔は過去によって生まれる。

でも、未来は、今から生まれていく。

(あの日を抱えて、生きていくと決めたんだ……)

私は記子さんへ追い付くべく、足を速めた。

丘を越えると、庭先は陽気に誘われてか、チューリップやモクレンなど色とりどりに花が咲き始めていた。私よりも背が低い記子さんの方が、足が長い。あっという間に彼女は上にたどり着き、あらっ、という顔で中尾牧師が持つ「写真」に目を留めた。

「きれい……」

写真の中に、オレンジや黄色の花が、咲いている。見かけたことのない花だけど、彼女がきれいだというのも分かる気がした。

「ああ、これはツワブキというんです。春の花ではないけれど、ほら。そこの、緑の丸い葉っぱの」

中尾牧師が案内した先に、光沢のある濃い緑色の葉っぱが揺れていた。

「これはその、冬の姿です。冬になって、他の花が全部咲かなくなるころに、やっと花が咲くんですよ」

「どうしてまた、その写真を?」

私が聞くと、中尾牧師がくるりと額縁をひっくり返す。吉田幸彦、と名前があった。

「写真家の吉田長老が冬に撮影したのを、現像して額に入れてくれたんです。先ほど持ってきて、見送ったところにちょうどお二人が見えたので、そのまま声をかけてしまいました」

「あの、中尾牧師。その写真、撮影してもいいですか？」

「ええもちろん、どうぞ」

記子さんはこの花を、どうやらとても気に入ったらしい。写真を撮影してすぐ、フォルダから画像を探し出し「ツワブキ」とタイトルを変える。

「地味で、野性味あふれる花でしょう？　でもね。花言葉はかっこいいんです。『謙遜』や『困難に負けない』……いい言葉ですよね」

確かにそれは、素敵だなと思った。冬、誰も他に咲かない時期に花を開くなんて。

そう思うと、ツワブキによく似合う。

「……あの。中尾牧師、すこし、ツワブキをもらっていってもいいですか？　うちの庭で花が開くのか、確かめてみたいんです」

「ええ、どうぞ。もとから、この辺に自生していた子たちなんです。うまく育つといいですね」

私はそっと地面に膝をつき、手で地面をかいた。あっ、と言う顔をして中尾牧師が慌ててスコップを取りに行く中、そっと地面を掘り起こす。細い根をかきわけ、丸い葉を持ち上げて、緑の植物を手中に収める。

あの庭に、根付いてくれるだろうか。

そして、記子さんが綺麗だと言ったオレンジや黄色の花を、咲かせてくれるだろうか。

願いと、欲望。そのどちらも抱えた思いを胸に、私の爪に土色が薄く、挟まった。

「我が家でも、素敵な花を咲かせてくれますように」

自然と口にした言葉は、なんだかくすぐったい。だけどとても自然に、私の口から出た言葉だった。

私と記子さんは教会に入る。温かな室内は落ち着いた雰囲気で、窓から西日が入る時間帯もあってか特に静かだった。

自然と、心の中でイエス様に、今日のことを感謝する。

「記子さん。デート中、申し訳ありませんが夏春君を少しお借りしても？」

中尾牧師の言葉に、私は一瞬、ドキリとした。記子さんが怒らないかと不安になったが、彼女はむしろ嬉しそうに笑う。今度は別の意味で、心臓がドキリとする。

「まあ！　ふふふ、じゃあ特別です。私、あっちで本を読んでいますから」

「ありがとうございます。……なっちゃん、こっちへ」

手招きされて私は、部屋の隅へ行く。声をひそやかにして、中尾牧師が切り出した。

「実は最近、ケイちゃんがよく教会へ祈りに来るようになりました。そうですね。三宅永一さんが亡くなられてから、特に」

「ケイちゃん、て、関山さんのことですよね？　でも。関山さんは」

「彼は確かにこれまでも教会に来ていました。でも。どちらかというとそれは、救いやイエス様への感謝というより……なんと言うか。おもに、君に、あれこれ教えたくて来ていた、という意味合いが強かったんです」

私は入院前のことを思い出す。関山さんは何かと私に声をかけては、論語などを引き合いに出して、あれやこれやと話をしてくれた。永ちゃんを話題に話をしたこともある。いずれも、場所はこの教会だった。関山さんの派手なスポーツカーが教会の前に停まっているという光景は、私の見慣れたものだった。

中尾牧師は唇を軽く舌で湿らせてから、言う。

「それで。彼は最近、私にこう打ち明けました
『夏春くんに、謝罪したいです。他者と自分を比べて勝っていかなければ幸せになれないと教えたのは私なのです。私自身、そういう価値観で生きてきて、ずっと苦しんできました』

私は、この言葉に対しての判断を、なっちゃん自身にゆだねるべきと思いました。……私はどちらも言えません。彼の言う謝罪というのは、罪や過ちを詫びたいと願うことです。その謝罪の判断は、謝罪を受け取る側に任せるべきだと思います」

中尾牧師の顔を見ながら、答えに迷った。

「……それは」

「ケイちゃんの良い友人でいてほしい、とは願ってしまいます。三宅さんの死は、彼に大きな衝撃を与えたようですから」

「……また今度会う時に、彼に何といえばいいでしょうか」

「こんにちは、とまずは、声をかけてあげてください。彼は今は、許しを願っています。でも、なっちゃんはどうでしょう？　ケイちゃんに、怒っていますか？」

　答えが出なかった。怒っている、とは思えなかった。彼に対して謝ってほしい、とも思っていない。でも関山さんは、許しを願っている。彼にとって楽な選択肢を選ぶべきだろうか。

　いや。彼が、楽になれる選択肢を迎合してまで、果たして本当に私は選ぶべきなんだろうか。

「もしかしたらこれは、イエス様がケイちゃん自身に与えた、決断の場なのかもしれません。これから、自身の幸福にどう向き合うのか」

　雪の日に語ったことを、ふと思い出した。

　あの日。私は中尾牧師と、全身の黄金が引きはがされ、そしてついに両目も失った、美しかった王子の像とツバメを題材にした童話について語り合ったのだ。王子は果たして本当に幸福だったのか、私はあの日、疑問を抱いた。

今なら一つ、答えを出せる。

王子が幸福かどうかは、王子自身が決めること。それがたとえ、どれほど貧しい中にあったとしても、幸福だと感じる感覚は、その人の中にある。他人が勝手に不幸だと思い込んで、手を差し伸べていくのは……違うのではないだろうか。

「最初に関山さんに会った時、私はお金にとても無頓着というか。必要なものだからこそ、大いに消費するという考えを持っていなかったんです。だから彼の言葉ではなく行動に、大きな衝撃を受けました。コンビニで高そうな食材を次から次へと購入する彼の姿に驚いたことは、忘れられません。あの時、関山さんは幸福だったのかどうかというと……幸福であると、自分に言い聞かせていたのかもしれません」

中尾牧師を見つめて、私は言う。

「次に会った時、私はこれまでと同じように、関山さんに接しようと思います。……友人、といえるかどうかは分かりません。でも。以前と同じように、友人を亡くした間柄として、変わらずに」

「なっちゃんが選ぶのなら、きっとそれが良い方向へ向かう手だと思います」

微笑んだ中尾牧師に、頷き返す。本を読んでいる記子さんの方へ向かい、隣に座った。

「面白い？」

「……あ、お話終わった？」

「うん」

二人で話しながら、記子さんの手元を見つめる。子ども向けの絵本だ。サンタさんへ手紙を出そうとする、幼い子どもの話。

ふっ、と脳裏に、あの白い手紙のことが思い起こされた。記子さんに聞いていいか、一瞬悩む。

（でも、何か目的があったら、聞いたら悪いしな……）

私は結局、問いかけるのをやめた。

＝＝＝

こらーる岡山診療所の受診日を数日後に控えたその日、私は直接電話をして早めの診察を受けることにした。入院中に変わった処方について、もう一度、山本先生と相談したかったからだ。

しかし、こらーる岡山診療所へ到着して驚いた。普段より、明らかに診察を待つ人が多いのだ。

（どうしよう……来てもいいとは言われたけれど、こんなに人がいるなんて）

おそるおそる、玄関のドアをくぐる。すると、診察室へ向かう通路へ、何人も人が集まっているのが見えた。はっさんやつかさん、他にも見覚えのある人が何人も訪れている。その中に、記子さんもいた。

「あ、記子さん」

「涼君。……こっち」

彼女に手を引かれて、中庭のベンチへと連れ出される。室内の騒がしさが少し消えて、私は人の多さに驚いたことで、緊張していたことを実感した。

「一体、何が？」

記子さんに尋ねると、彼女はそっと目を伏せて言う。

「あのね。……山本先生が、引退するんだって」

私は頭の中で彼女の言葉を、何度か繰り返した。

引退する。引退。引退だって？

「……えっ」

「驚くよね。でも、仕方がないとも思うの。……先生もずいぶんお年を召されたし。それで、今度はこの跡地を使って、先生の教え子の方が、診療所を開くんだって。先生が引き継ぎもしてくれるって」

記子さんは、わずかに目元を潤ませている。私たちはお互いに、中庭に吹き抜ける風を静かに感じていた。

山本先生との会話が、ぐるぐると頭のなかをめぐる。

嬉しいことも言われた。耳の痛いことも言われた。驚くようなことも言われた。

だけど、先生とのつながりが無かったら私は、こらーる岡山診療所に来なかったし、教会へ通って中尾牧師や関山さんをはじめ、たくさんの人に出会えなかっただろう。永ちゃんのつながりで、三宅商店で新聞配達をするとき、あんなに思い切って飛び込めなかったかもしれない。

何より。その末に記子さんとも出会えなかった。彼女の家に薬を届けるところまで、つながらなかった。

入院の時も、お世話になっていた守谷先生のもとで、治療を受けられなかっただろう。

「山本先生に引退しないで、と言ってる人もいるし、引退を受け入れて何とか一度でもお話ししたいって人も来てるの。私は今日が受診日で……来てみたらこの様子だったから」

「うん。ちょっと、驚いちゃった」

「そうだね……」

私は室内で、一人一人話しかけて、懸命に耳を傾けているであろう山本先生の姿を思う。

もっと自分が、取り乱すかと思っていた。でも私は、山本先生に確かに深い感謝の念を抱きながらも、急いで挨拶をしたいとも感じていなかった。先生なら、たとえ時間がかかったとしても、その人の気が済むまで話しあおうとするだろう。そうした、急がないとならない人たちがゆっくりと進んだ後に、自分も先生と話せる時間があると、確信していた。

（……変わっていくんだな、いろんなことが）

第三章　朝

季節も巡る。時間も毎日のように過ぎていく。

当たり前だけど確かな実感を、私は今、初めて覚えた気がしていた。

(そうだよな。私ももしかしたら、あの古民家を出て、もっと違う場所で暮らす日が、ある日訪れるのかもしれない……ずっと同じ場所で暮らすのも幸せだけれど、どこで暮らしても幸せって思えることも、大事かもしれないよなぁ……)

想像する。

ぎしり、と床が鳴る古い我が家。でも、きれいなカーテンが壁にかかり、テレビ台があって、キッチンはガスコンロではなく電気でお湯が沸かせるようになっている。机があり、キャンバスに向かって私は絵を描いていた。色鉛筆を使い、カリカリと音を立てて。そしてリビングのテーブルでは、記子さんがノートパソコンに向かいながら、何かを打ち込んでいる。


「え？」

「どうしたの、涼君？」

「あ、え、あ、いや、な、なんでもない！」

私は耳たぶが、かーっ、と熱くなるのを感じた。

(記子さんが……一緒に？)

彼女と一緒に暮らす自分が、頭の中で幸せそうに並んで、私が作ったスープを飲んでいる。ほっくりと温かいジャガイモをスプーンで崩し、楽しそうに笑いあう二人がいる。妄想だ、理想だ、空想だ。

だけど。

(こんなにも、自然に、想像するなんて……)

不思議そうな顔をする記子さんの方をなかなか見ることもできず、私はその想像の幸福度の高さに、思わず声が上がらないよう、口をぎゅっとつぐんだ。

「……うん、寂しいよね」

どうやら記子さんは、私が泣きそうになっていると勘違いしたらしい。申し訳ないと思いながら彼女の顔を見ると、その後ろでラファが笑っていた。ラファは記子さんの首元をぺろっと舐めて、何処かへ消えていった。

【三】

「……夕方?」

私は、ぽつり、と呟いた。いつものベッドの中で、体を起こそうとして、慌てて身じろぎをやめる。

昨夜の香りがまだ、シーツに残っているような気がした。

第三章　朝

（喉、渇いたな……）

そんなことを考えながら、私は昨日の夜に見た記子さんの寝顔を、そっと思い出していた。肩にかかった布団の下は、なめらかな肌が続いていていて、閉じられたまつ毛がつくる影が美しかった。

あの夜を思い出すと、背中が熱くなる。


山本先生が引退する話を聞いた私たちは、あの後、中庭にしばらく座っていた。できれば、山本先生と話がしたかったからだ。

しかしあまりに人が多く、やがて山本先生に今日中には会えないだろう、と結論付けた。

二人で散歩をして、私の家へ行く。記子さんが我が家へ来るのはもう珍しいことではなく、記子さんの母、陽向さんも承知している。

それでも。突然携帯電話を取り出した記子さんが「今日は涼君の家に泊まるから」と言った時には、もしかしたら、さすがに驚いていたのかもしれない。電話をすぐさま切った記子さんの目に、涙が勢いよく溜まるのを見て、私は彼女を抱き寄せた。

ようやく私は、自分の体が震えていることを自覚する。

山本先生に頼れない日々が来るわけではない、分かっている。そんなに簡単に私たちから手を離さない人だと、知っている。

長くて重苦しい、トンネルの出口で待ち構えているような人が、一つの区切りをつけるのだ。私たちは気にしないでいる、そのつもりだった。

私たちは分かって、事実を受け止めて、耐えきれなくて。心を抱きしめあうように、体をつなげた。

漠然とこういう行為をするときに、好きとか、愛しているとか、言うものだと思っていた。ただお互いに無我夢中だった。少なくとも私にとっては、初めての体験だった。

けれど気が付くとすべては終わっていて、私たちは熱い息を交わしながらキスをする。

そして泥のように眠り、昼には記子さんは一度家に帰ると言って、外に出た。

いかないでほしいとは、言わなかった。なぜか記子さんがそのまま、私の家にまた、帰ってくるような気がしたのだ。

「もう外が、暗いなぁ」

呟くと余計に、暗さが増した気がする。記子さんの名残に触れていたかった気もしたが、もうさすがに寝ているわけにはいかない。

体を起こし携帯電話を見ると、着信履歴が二件と、メールが一件入っていた。

「関山さんからだ」

後で連絡をくれ、とある。私はすぐに、電話をかけた。三コール目に、関山さんが電話に出る。

「夏春君、酒は飲めるか?」

第三章　朝

開口一番、そう言われた。

「酒？　酒ってあの、アルコールの？」

「なんだ、今まで寝ていたのか。まあいいさ、お前が飲まなくても俺は飲みたいんだ」

こんなことを言う関山さんは、初めてだった。これまでも家に遊びに来てくれたことは、ほんの数回だけあったのだが、酒を飲みたいと言い出された試しはない。

「ああ、ええと、構わないですよ。庭先もすぐ車が入れるようになっているので」

「そうか。そりゃよかった」

玄関のほうから、がらっ、とドアが開く音がする。私は驚いてベッドから転がり出ると、服が一応、長袖ポロシャツとスウェットのズボンであることを確かめて、階段を駆け下りた。軋む音が立つ廊下を駆け抜ける。

勝手に玄関の電気をつけながら、

「よう、夏春君」

と、関山さんは言う。大きな瓶入りのウイスキーや、炭酸が入ったビニール袋を持っていた。

「もう来ていたんですか！」

「いや、たまたまだよ。お前がまた、倒れてたら、とちょっとだけ思ったんだ」

肩をすくめた関山さんが、家の中に入る。私はリビングの電気をつけて、テーブルの周りを確かめた。記子さんが家に来るようになってから、何かと掃除や片づけをする癖がついた。関山さんが持ってきた酒や大量のつまみをテーブルに置いても並べられるスペースはありそうだ。

「ところでお前、今まで寝てたのか」

関山さんが眉を跳ね上げながら、そう聞いてきた。

「あー、そうなんです。……ちょっと、着替えてきますね」

「おう、そうしてこい」

部屋に戻って私が着替えを済ませる間に、関山さんはすぐさま飲み始めていた。

酒を注いだ透明なプラスチックカップに氷を入れて、ウイスキーを注ぎ、ハイボールを作っている。

「ところで。……あの記子さんとやらとは、その後どうなんだ」

「えっ」

「なんで驚くんだ。あんなに心配してくれてる女と、まさかそのあと、どうにもなってないんじゃないだろうな?」

私が右往左往と目線をあちこちに飛ばすと、関山さんがにやりと笑う。

「なんだ、ちゃんとどうにかなったんだな」

「い、いや。その……ええと。なったというか、シたというか」

「……おいおい。俺はそんなのろけを聞きに来たんじゃないんだぜぇ」

口調は嫌そうだが、語尾は嬉しそうに跳ねさせて、関山さんが私に炭酸水を差し出した。ぱちぱちとはじける炭酸の泡を見ていると、どこか切ない気持ちがした。どうして切ないのだろう。

「告白はしたのか？」

「……それがしてなくて」

口の中が粘っこく乾いた。急いで炭酸水を飲むと、思わずむせてしまう。涙がにじんだ視界の中で、強炭酸の文字が見えた。

関山さんは私の顔を見ながら、けっ、と小さく毒づいた。

「何を迷っているんだ？　そんなに。……ワシなら手放さんぞ、ワシならな」

音を立ててハイボールを飲み干す関山さんの顔を、私は思わず見つめた。

「関山さん……」

「自分のことをあそこまで心配してくれる人間なんざ、世の中にそう多くない。もし、いたとしても、出会えるとは限らないだろう。親だって子を殺すようなことがある、人間同士の間なんだ。なのに、命を救ってくれる人間に出会えたら、ワシなら手放さん。何があっても。自分の何かを、捻じ曲げてもな」

私は考えた。

何を迷って、不安に思っているのか。どうして記子さんに、告白しないのか。

お互いに気持ちが通じ合えばそれでいい？　いいや、そんなわけはない。

気持ちが通じているからこそ、言葉を重ねるべきじゃないか。

「関山さん。その、私も飲みたい、酒を」

「おう、飲んでみろ」

炭酸水が注がれたカップに、ウイスキーが注がれる。

口をつけると、ぱちぱちと弾ける炭酸の泡の後に、柔らかくて香ばしいウイスキーの香りと、喉を焼くような酒精が感じられる。腹の中に落ちた酒が、熱く、背を燃やす。あの日のように。あの時のように。

「……ハイボールなんて、初めて飲んだ」

思わず私が正直に告白すると、関山さんがにやりと笑う。

「そいつはいい。なら、ワシがお前の酒の師匠だな」

「いいや、永ちゃんだよ」

「なんだそれ……まあ、いい。飲め。飲んでわかることだって、あるさ」


雨戸のすき間から細く朝日の差し込む、居間だった。時刻は午前八時。

関山さんがぐうぐうと寝息を立てており、私たちが飲んでいた酒の瓶が空になって転がっている。床に置いた座布団の上で、私は体を丸くして寝ていた。酒を飲みながら、二人して、転寝をしてしまったのだろう。

急いで私は、手紙を書くために道具を探した。

妹の手紙を書くための道具箱を開けた時、ふと違うものが目にとまる。それは、入院していた間に記子さんからもらった、真っ白な便せんと封筒、そしてボールペンのセットだ。
「そうだ。これにしてみよう」
今こそ、使う時だろう。真っ白な封筒や便せんだからこそ、自分の気持ちを素直に書ける気がした。ボールペンを使うためにノックした瞬間。私は、そのペンがボールペンではなかったことに気が付く。
目の前の白い紙に、ペン先から一筋の、青い光が投げかけられていた。雨戸を開ける前の暗闇の中で便せんに文字が浮かび上がる。

あなたが好きです。

驚いてペンを取り落とすと、文字も消えた。おそるおそる、もう一度ボールペンから出る光をかざす。近くに置いてあった眼鏡をとりあげてかけ、もう一度読み直した。

あなたが好きです。

間違いなく、青い光の中に、そう文字が浮かび上がっている。
青い光を放っているのは、このボールペンだ。先端をよく見れば、確かにそこに小さなライトが仕込まれている。ひっくり返すとキャップが外れるようになっており、こちらはフェルトペンのように見える。ためしに、他の紙へ線を引いてみると、見た目には何も見えなかった。しかしペンのライトから青い光を紙に当てると、線が見えた。

「……特殊な光が当たると見えるインクなんだ、このペン」

記子さんからのメッセージだと、分かった。彼女がこの便せんをくれたのは入院中。私がいつか、気が付くと信じて、これを渡してくれたのかもしれない。いいや、いっそ、気が付かない覚悟だって、していたのかもしれない。

私はその手紙を、もう一度、箱にしまう。言葉で返事をしよう、と、私は思った。手紙じゃなくて、言葉で、この口で、彼女へ思いを伝えよう。

でもそれは、好き、という言葉だけじゃない。

彼女に隣にいてほしい、結婚してほしいという言葉だ。でもその言葉を、今すぐ伝えるのは、なんというか。

覚悟が足りない、と思った。

(そうだ、まずは免許を取ろう……そして車をどうにかして買うんだ。記子さんと、暮らすことを、もっとしっかり考えないと)

かちり。

私はペンをノックして、ライトで手紙を照らす。

あなたが好きです。

その言葉がある限り、どんなことでも、乗り越えられる気がした。

＝＝＝

第三章　朝

一カ月が過ぎた。

私はその日、初めて、我が家に来る人を迎えるために、朝から玄関先の掃除をしていた。古い納屋から取り出した塵取りを片付けていると、玄関先に一台の軽自動車が停車する。そこから、なんだかフラミンゴが大量にちりばめられたような、わりと奇抜なデザインのシャツを着た男性が立った。

「こんにちは、夏春くん」

「あっ、藤田先生！」

「素敵なお宅だねぇ……いろんな野の花が咲いて。農道には桜の木もあるじゃない」

にこやかに言う男性は、藤田大輔先生。山本先生が引退した後、こらーる岡山診療所の民家を改修後にできた大和診療所の所長だ。一度会った後、改めて、我が家で話をする機会を設けることになった。

すると、軽自動車から藤田先生に続いて、もう一人男性が降りてくる。年は自分と同い年か少し下くらいか。

「そちらは?」

「こちら、小野くんだ」

彼は、明るいなぁ、と素直に感じられるような笑顔を浮かべて、こくん、と頷いた。なぜか、初めて会ったのに、初めてじゃないような気持ちになる、そんな人好きのする笑顔だ。

「初めまして。小野稔文（としふみ）といいます」

「はじめまして、夏春涼です」

頭を下げあった後、二人を家の中に案内する。お茶をだして、心に決めた一連の手順で迎えられたことにほっと息をつくと、藤田先生が切り出した。

「車の運転免許を取るために、がんばっていると山本先生から聞いてね。西村裕樹さんみたいに、君がいつだって相談できる人が、やっぱり近くにいたら心強いと思って」

藤田先生が言う西村さんは、私が家族ぐるみで世話になったソーシャルワーカーだ。簡単に言えば、生活のこと、困りごとを相談できる相手のこと。今はなかなか会えないが、電話で話をすることはある。

「そうだったんですね……ありがたいです。車を買うのも、どうしようか悩んでいて。やっぱりあったほうがいいですけど、お金がかかりますし」

「それなんですが、藤田先生の行きつけの中古車を扱うショップがあるんです。今日、パンフレットを持ってきたんですよ。一緒に値切りに行きましょう」

驚いて、私は小野さんに視線を合わせる。にっ、と笑った彼の顔は、とても明るくて元気いっぱいという印象だった。

「気軽に、小野って呼んでください。稔文でもいいですよ。そっか、まずはあれこれ、お互いに質問してみませんか？」

「えーと。じゃあ、まずは小野さんで。同い年くらいですか？」

「自分は夏春さんの二つ下ですね」

「ええっ。なんだか自分より、しっかりして見えますよ」

初めてあった気がしない、という直感が正しい気がしてきた。西村さんも優しく、寄り添うような姿勢で、自分に接してくれた。どこか遠くで見守ってくれるような、そんな立ち位置。小野さんは年こそ近いけれど不思議と、西村さんに感じた雰囲気と似たようなものを感じた。

それからしばらく、小野さんとはあれこれ話して、気が付くと藤田先生とは全く喋らないほど話が盛り上がってしまった。一時間という訪問時間は、飛ぶように過ぎていく。藤田先生が適度に「そこでどうしたんですか？」とか、合いの手を入れてくれるものだから、私が主になって話し過ぎてしまったかもしれない。

「今日はなんだかすみません……」

照れて言う小野さんに、私も同意する。

「こちらこそ……あっ、藤田先生も、今日はせっかく来てくれたのに」

「いえいえ」

なぜか満足げな藤田先生が、帰り支度をする小野さんに聞こえないような小声で、そっと私に囁いた。

「西村くんと、小野くん。タイプが似ていると思うから。きっと君も話しやすいだろうなって思って」

そうだったのか。

私の胸の内が、明るくなる感じがした。内心でほんの少しだけあった、山本先生の引退への不安感や、初めて会う人との会話への怖さが、ほどけていく。

こうして私の家に、定期的に来る人が一人増えた。小野さんだ。

彼は私が困っていることを聞き取って、頼れそうな行政サービスを教えてくれるだけでなく、単純に悩みごとの相談にも乗ってくれた。それこそ……記子さんへ、結婚を申し込もう、と思っていることまで。


季節が過ぎていく中、とうとう私が実技試験を免許センターで受けるとなった時には、現地への送り迎えを小野さんが申し出てくれた。

また、自分が所有する車については、藤田先生が行きつけの中古車販売店を紹介してくれた。中古車でも、しっかり手入れをした信頼できる車だけを売ってくれるという。藤田先生曰く、スタッフや患者さんで車を使いたい人が現れたとき、よく紹介しているらしい。

私は自分の貯金で買える軽自動車を選んだ。永ちゃんの運転していた、軽自動車を思い出す。その車のオーナーでヘビースモーカーの菅野さんが元気だった時は、彼の吸う煙草の香りが、よくしていた。もしかしたらいつか、自分の軽自動車も私だけの香りがするようになるんだろうか。

もう一つ、変わったこともある。

ツワブキを植えた庭に、私は少しずつ、興味を持つようになっていった。それまでは畑にしている場所以外は、後は野となれ、山となれとばかりに放置していた。しかし藤田先生や小野さんが来るうちに「ここには松が植えられているんですね」とか「ああ竹林がきれいだ」とか、言われることも増えたからだ。

それに。ずいぶん放置していたが、おそらく昔は農作業に使われていたらしい、トタンでできた物置もある。ここを駐車スペースにすればいいだろう、と思いあれこれ手を入れた。

納車の日、そこへやってきた軽自動車は、中古とは思えないほどピカピカに輝いていた。

自分にお金をほとんど使ったことのない自分が、まさか。

まさか、車を買う日が来るなんて、思わなかった。

「おう。夏春君、これがお前の愛車か」

にやりと笑いながら言ったのは、関山さんだ。彼は運転の激しさはちょっぴりあるけれど、自分よりも車には詳しい。

おかげであれこれ、どうしたら車を長持ちさせられるのかとか、冬用タイヤはどうするのかなど、免許を取るまでの勉強では具体的に分からなかったところまで教えてもらえた。

「うん。この車、わりと気に入っているんだ」

「だろうな。自分で稼いだ金で買ったんじゃあ、格別だろ」

私と関山さんは、目線を合わせて笑いあう。温めていたことを実行に移す時が来たんだ、と、私は内心で考えていた。

＝＝＝

窓際の鉢植えにあるのは、あのツワブキだ。庭に植えるよりまず、家の中で育ててみることにした。そのおかげか、ここ最近の冷え込みに合わせて、黄色い花が少しずつ顔をのぞかせていた。

関山さんが、いびきを立てて寝ている。昨日、私の家で彼は酒を飲んで、散々車について語り明かした後、眠り込んでいた。

朝の光が竹林のうえに輝いていた。室内に差し込むかすかな光の中で、私は記子さんに電話をかけていた。彼女が迷いなく出てくれる気がした。

「あの、今からって、会える？　その。実は、車を買ったんだ。ドライブに、こんな朝早くだけど、一緒にどうかなって」

「ええっ。いいの？　行く行く！　あはは、実はまた、徹夜しちゃったんだ。気分転換に、すっごくよさそう」

「じゃあ……今から迎えに行く」

「分かった。用意するね、十分くらいで外に出られると思う」

電話を切って、私は眼鏡をはずし、身支度を急いで整える。衣服を脱いで、一番真新しいものに変えた。髪の毛をとかす。顔も洗わないと。浴室から石鹸を持ってくる。いつもなら、遠慮してひねる水道の蛇口を勢いよく開けて、熱いお湯をだす。泡をたくさん立てて、顔全体を洗った。髪の毛の端が濡れても気にしない。

肩掛けのバッグには、免許証や車のキー。

そうこうしていると、関山さんが立ち上がる。

「ごめん！　関山さん、適当にあるもの食べてていいから。ちょっと、行ってきたいところがあるんだ」

「……ふん、やっとか」

そう言うと、彼はポケットから、革の長財布を取り出した。それを横目に見ながら、

「関山さん、あの」

私の顔の前に、五千円札が突きつけられる。関山さんが、全く、と肩をすくめた。

「ここからちょっと行ったとこにある八百屋が、朝早くからやっている。花も売っているはずだ。薔薇があれば買ってこい、あるだけ。いや、十二本がいいな、それがいい。何も持たずに行くつもりか？　それくらい演出しろ。一世一代のことをする気なんだろう？」

思わず私は、彼の言うとおりにしそうになった。

ただ、何かが引っかかる。夢の中で、髪を振り乱しながら叫んでいた記子さんが、ふっ、と脳裏をよぎった。

私は窓辺にいる、ツワブキを見つめる。花は昨日よりも少しだけ増えて、朝の日差しを浴びていた。

「これにするよ」

私はツワブキを一輪だけ、手折った。関山さんがまた、肩をすくめる。

「まあ、無いよりましだろう。でもこの五千円はとっておけ」

「えっ、いや」

「祝い金だ。あ、もし振られたらそれで酒でも買ってくればいいさ」

くつくつと喉奥で笑う関山さんに、私は思わず肩を軽く小突く。それは彼なりの励ましだと分かったから。

私は、永ちゃんがくれたあの靴に、ブラシをかけてから履く。玄関を開けて外に出て、相棒となる軽自動車に乗り込んだ。

「免許よし、鍵よし、眼鏡よし……関山さん！」

「はいはい。家の留守は預かっとくからよ、いってこい」

「うん！」

私は、緊張しながらも、車を出した。

いつもは歩いて通っていた道を、車で通り抜ける。初心者マークを誇らしく輝かせて、やがて到着した記子さんの家の前に、車を停めた。


【四】


岡山駅の構内をホームや出口へ向かって歩き回っている。私は中央改札口を通った後、ずんずんと突き進む白いワンピースを着た記子さんの後ろをついていくだけで、精いっぱいだった。人混みがつらいとか、今日初めて着たスーツに慣れてないとか、そんな話だけではない。

今日はこれから、記子さんのお父さん。つまり、自分にとって義父となる人へ、結婚の挨拶に行く。

だから、緊張のあまり胃の中は先ほどからぐるぐるぐると唸り声をあげ、ちょっとでも気を抜くとへなへなと力が抜けて座り込んでしまいそうだった。

記子さんへ結婚を申し込んでから、二週間。スーツもネクタイも持っていなかった私は、記子さんや関山さん、小野さんにも協力してもらい、あちこち買い物に回った。図書館へ行って結婚の申し込みの手順を調べたり、手土産が必要だと分かったり。結婚はお金がかかると言うけれど、結婚の前からこうしてお金がかかるとは知らなかった。

小野さんに相談して選んだ伊福屋というお菓子屋さんの『正門まんじゅう』という饅頭が入った、大きな紙袋をのぞき込む。あれほど人ごみにもまれたんだ、袋が破けていないだろうか。

「涼くん⁉」

びっくりした声を上げた記子さんに、慌てて顔を上げる。すると、乗るはずの電車が発車メロディーをたてながら、ドアを閉めようとしているところだった。

大急ぎで駆け込んだ私の背後で、不満げに息を吐きながらドアが閉まる。

「あー、びっくりした。乗り逃しちゃうかと思った」

小さく笑いながら言う記子さんに、私は首を横に振る。

「ごめん、気を付ける。よくあるんだ、考え事で足が止まっちゃうこと」

記子さんが何か言いたげだったので、もう一度首を横に振った。きっと彼女は、私に同意してくれるだろう。でも、それじゃダメだ、とも思っていた。結婚すれば自分は、自分一人だけじゃない。記子さんのためにも、生きていくことになる。今のように電車を乗り逃したことで、酷く後悔する出来事が起きるかもしれない。

あの日。草原で大人たちによって引き倒された少女を守るため、私は行動した。行動することと自体は間違いじゃなかった。でも、結局本当に少女はどうなってしまったのか、永久に真実は分からない。

両親が私へ何を想い、父がどうして笑ったのか、幼かった私に知るすべはなかったとしても……もっと。もっと、後悔せず、したとしても納得できる選択を、できていたかもしれない。

「涼くん」

記子さんに耳元で囁かれる。驚いて首をすくめると、彼女がいたずらっぽく笑っている。

「リラックス、リラックス」

それは小野さんにも、関山さんにも言われたことだった。関山さんは「断られる時は断られるんだ、落ち着け」という言い方だったが。

それでも肩の力は、ふうっ、と抜けていく。

「優嘉(まさよし)さん、だよね。記子さんのお父さんの名前」

「大丈夫だよ。だってお母さんへの挨拶も、あんなにあっさり済んだでしょ？」

「うん、まあ、そうなんだけどさ」

記子さんのお母さん。つまり、小豆沢陽向さんへの挨拶は、あっさりと済んだ。緊張しながら結婚の意思を告げた私に、彼女は「不束な娘ですがよろしくお願いします」と言っただけ。

「記子が選んだ人だし……私からは何も言えないわ。それに、あれから三宅商店のサエコさんに聞いたのよ。ご病気を抱えながら親元から離れて、一人で生活をしていらっしゃるって聞いて、まあそれなら、と思ったし」

そう言ってくれる陽向さんに、私は彼女の娘への信頼を感じた。記子さんを知るからこそ、彼女を通じて自分を信頼してくれたと思ったのだ。

ただ。記子さんは、違うことを考えていたように見える。岡山駅へ向かうべく車へと戻る間、彼女はどこか寂しそうだったのだ。

その寂しさの理由を、私はまだ尋ねられずにいる。

「やっぱりお父さんのほうが緊張する？」

車窓の窓ガラスの反射を使って、記子さんはアイメイクを確かめながら私に尋ねた。

「うん。何て言うか、同性だからってのもあるけど……」

「けど？」

「これから、義理とは言え、父親になってもらうのって……何だか、変な感じ」

言ってしまえばそこに尽きた。自分は父親と、楽しい思い出と言うものを、数えるほどしか持たない。今となっては、どんなことをして日々を生きているのかさえ、正確には把握できていないのだ。妹の手紙にあったように、過去を隠し、嘘をついて、子どもさえ欺こうとしている人間にも思える。

しかし一方で、確かに自分をおんぶして、動物園へ連れて行ってくれた記憶もあるのだ。あの時の背中の温かさを嘘だとは思えないし、思いたくもない。

私と記子さんの間で、それきり、会話は一度途切れた。次に口を開いたのは、記子さんが「ここで降りるよ」と言った時だ。

閑静な住宅街。その一角に建てられた家が、記子さんのお父さんが住む場所だという。

「えーと。お義父さんって、銀行員だっけ？」

「元だよ。今は、おじいちゃんから引き継いだ土地を使って、アパートとかマンションの経営をしているの」

「投資家ってこと？」

「そうとも言うけど……うーん、そうかも」

記子さんが、三階建てのアパートを指さす。駅から徒歩で、五分もかからなかった。

「大家として、一室を使っているんだ」

「駅近くていい物件だね」

「うん。なんか、土地の価値も高いらしいよ。あんまり知らないんだけどね」

右手に持った菓子折りの入る紙袋を、私は抱きかかえる。頭が真っ白になりそうな緊張感で、胃の底が気持ち悪い。

一階の隅の部屋にたどり着き、記子さんがチャイムを押す。

＝＝＝

「陽向から聞いているよ。娘を宜しく」

結婚の申し込みとは、こんなにあっさり済んでもいいのだろうか。お義父さんが出してくれた茶と、私が持ってきた饅頭が、テーブルの上に並んでいる。

するとお義父さんが言った。

「もしかして、あんまりあっさり結婚が承知されたと思って、びっくりしているかい？」

「えっ」

「自覚、あったの？」

私と記子さんは、順番に驚いた。お義父さんはというと、饅頭にかぶりついている。一口飲みこんだあと、彼は言った。

「実はね。涼君のお母さんとお父さんとは、顔見知りなんだ。お父さんの名前、涼ノ介というだろう？」

こんなところで、父の名前を聞くとは思わなかった。私は一拍遅れて、民芸品の赤べこのようにがくがくと首を縦に振る。

「は、はい！　その通りです！」

第三章　朝

「ちょっとお父さん。私が前に涼君のこと話した時、何にも言わなかったじゃない！」

「確証がなかったんだ、すまん」

お義父さんはぽつぽつと、話し出す。

かつて岡山市内で、お義父さんは銀行に勤めていたという。その時期、同僚だったのが私の母だった。同期ではないが、担当する部署が同じだったこともあり、よく顔を合わせ、雑談もするような仲だったという。

ある日のことだ。

母が懸命に、一人のおばあさんを説得していた。当時はまだ珍しかった、息子や知人を偽ってお金をだまし取る詐欺被害にあいかけていたという。おばあさんは息子が助けを求めていると思い込み、数百万円もの預金を引き出そうとしたらしい。

母はこの詐欺のことを知っており、もしかして、と思っておばあさんの説得に入った。息子さんが会社に金を払うのはおかしい。もう一度確かめてみないか、と。

お義父さんも含め、他の銀行員も説得に参加したが、おばあさんはなかなか信じない。困り切っていた時、私の父、涼ノ介が急に、話に入ってきた。

「彼はバスの運転手だったんだ。おばあさんがいつもこの銀行前のバス停から乗り込むのに、今日は乗らない。もしかして銀行にいるのかもしれないと思って、気を利かせて確かめに来たそうだ」

「それで、詐欺の話が？」

「ああ。彼はおばあさんの息子さんと知り合いでね。本当に息子さんだったのか、息子さんに俺が連絡するから確かめないか、と言ってくれた。彼に電話を貸して、息子さんに連絡したら、そんな電話はしていないという。やっとおばあさんも納得してね……」

　勤務中だった父だが、バス会社からは年金暮らしのおばあさんを助けたとして、表彰も受けたという。この時のことがきっかけで、私の両親は急接近し、恋人になった。

「でも。結婚式は日本で挙げなかったんだ」

　私はハッとして尋ねる。

「もしかして、韓国に行く？」

「そうそう！　びっくりしたよ、二人そろって韓国で式を挙げる。そうしないと子孫が不幸になる。子どもたちを幸せにしてやりたい……私が聞いたのはそこまでだ。年賀状も届かないし……何も分からなくってね。でも記子から話を聞いて写真を見て、絶対に彼女の子だ、と思った。よく似ているよ、君の顔。お母さんに」

　しみじみと言うお義父さんに、記子さんがふと私の手を握った。白い手は私と同じくらいの大きさだけど、酷く力強く、大きいものに感じられる。

　ずっと、両親はカルト教団により、無理やり結婚させられたのだと思っていた。だから私を、子どもたちを、不完全にしか愛していなかった、と。でもそればかりではない。両親にも、お互いを愛した歴史があった。お互いに生きていた。今の私たちと同じように、結婚を決めて、その先に。

その先に、何かの事情で、カルト教団とかかわりを持つに至った。

私は両親の、何を知っていたのだろう。両親が私のことを何も知らなかったのと同じように、私も二人のことを知らなかった。

でも。二人が私を幸せにしてやりたいと、そう願ってくれた時期もあったんだ。

「お父さん、あのね」

記子さんが何か言おうとした。私は彼女の心遣いをありがたいと思いながら、言葉を遮る。

「わ、私から、言うから」

慌てて遮り、私は韓国でのことを、少しずつ話した。韓国で結婚した両親のもとには、私を含めて子どもが三人いること。事情があって今の二人を私はよく知らないが、韓国での暮らしには、確かに、幸せもあったこと。

カルト教団のことは、なかなか言い出せなかった。それでも、私は日本で久しぶりに会った、両親の過去を知る人へ、嘘を告げたくはないとも思う。

しかし、お義父さんはどこか、感じるものがあったらしい。

「親子であっても秘密ができることはある。……いろんな苦労も含めて、きっと君は娘を、幸せにしてくれると思うよ」

私は首を縦に振った。

「はい。記子さんは、私が幸せにします。約束します。心を尽くし、力を尽くして」

私の言葉に続いて、記子さんが言った。

「どんなに不幸せなことを経験しても、自分の人生が大事だったと分かった。具体的なことが問題ではなくて。家族がただ一緒にいることが大事。不満を言っている暇はないのかもしれない。絶対に、今を失いたくないの」

彼女は笑みを浮かべて、そういった。

お義父さんはしばらく黙ってから、微笑む。

「……そうか。結婚式は?」

「そのことなんだけど、お父さん。私、受洗を。前に話していたように、彼と同じようにイエス様を信じる日々を送ろうと思うの」

お父さんは。なんというか、受け入れられないような、受け入れたいような、どちらともいえない顔をしていた。

記子さんが言葉を重ねる。

「イエス様はね、まるで、屋根のような存在なの。私は変わらない。私自身は同じまま。だけど、屋根として、私を苦難から守ってくれている。そんな存在に感じているのよ。屋根があれば人間は寒くない、雨に当たらない。だからこそできることが、たくさんあるのよ」

「あー、つまり。キリスト教徒になってから、式を挙げる?」

「私はそうしたい」

お義父さんはしばらく黙っていた。もう一口、饅頭を食べて、茶をすする。

「……お前の好きにしなさい」

ぽつり、と返事がきた。私はその時、記子さんがお義母さんと話した後に見せた、寂しさの理由を、漠然とではあるが、感じ取った。

記子さんは自分の意思をもっと詳しく聞いてもらいたかったのではないだろうか。どのような生き方をしていきたいのか、私とどう暮らすつもりなのか、仕事は変えるのかとか、いろいろ。

でも、ご両親はただ、記子さんが選んだから、と受け入れた。受け入れてもらえることを、私は幸せなことだと思っていた。でもそれはあくまで、私の考え方だ。記子さんには、違うのかもしれない。

ご両親と彼女の間には、心の壁のようなものがあるのだろうか。

私は、家族から虐待を受けて育った。母とは会っていないし、父とも連絡を取り合っていない。妹からの手紙が来なければ、積極的に会いに行こうとも思っていなかった。

だから心の壁という言葉が適切なのかどうかさえ、分からなかった。

その帰り。私と記子さんは教会に立ち寄り、結婚の話をしたことを中尾牧師に報告した。

どちらともなく、そうしよう、という話になったからだ。

「そうでしたか。受洗を考えておられるのですね」

中尾牧師に尋ねられて、記子さんは頷いた。中尾牧師は優しく穏やかな口調で言われた。

「あなたが愛の国へ行こうと思うなら、あなたは神を知るだろう。その時、あなたは神の国への戸口を開いている」

私と記子さんは、互いの顔を見合わせた。記子さんの大きな目の中に、私の微笑みが浮かんでいる。

「記子さん、ゆっくり受洗の時期を考えよう。受洗への学びを進めてからでもいい。だってもう、記子さんは神の国の戸口を開いているんだから」

「そうです。いつだってかまいません。貴方たちがこれからをどう生きていくのかを話し合うのに、今はまたとない時間です。まずはお互いに、友達ではなく、恋人でもなく、家族となるのにどう過ごしていくか……ゆっくり考えて、そしてまたいらしてください」

記子さんはホッとした顔で頷く。私は彼女が微笑みを浮かべられたことを、自分のことのように嬉しく思うのだった。


【五】


窓の外から鳥のさえずりが聞こえた。私は目を開けて、室内を見回した。

二階にある寝室は、片づけが進められて、私がいつも寝ているベッドの隣にもう一つの

第三章　朝

ベッドが置かれている。これから照り付けるのを予感させる力強い光のなかに、夜の余韻が残る早朝。

「あー！　お味噌汁が！」

私は急いで飛び起きると、部屋を出た。雨戸が開けられ、日光が入り込む廊下を抜け、居間に向かう。キッチンで、記子さんは値札がついたままのエプロンを身に着けて、コンロ周りを拭きながら、こちらを振り返る。

「お、おはよう。大丈夫？」

「おはよう！　ごめん、涼くん。お味噌汁！　せっかくゆっくり寝ているから、そのまま寝ててもらおうと思って……」

しょんぼりとした顔で、大きな眼鏡の向こうの目を悲しげに潤ませる彼女の頭を軽く撫でる。コンロ周りには、鍋から噴き出した味噌汁がこぼれ、具のわかめと豆腐ばかりが残る味噌汁が、小鍋の中で申し訳なさそうに残っていた。

テーブルには、毎朝飲んでいる薬とお茶がもう用意されている。

「お茶はうまくいったのよ。味噌汁は小学校の家庭科で習ったし、いけると思ったのに！」

不満げな記子さんだが、すぐに後始末に取り掛かった。

記子さんと暮らし始めてから、一カ月が過ぎた。彼女は細かなところを何度も確認するので、掃除は隅までピカピカ。私よりずっと上手だ。

しかし、料理はそうもいかないらしい。手順や材料を細かいところまで確認しているうちに、調味料を入れるタイミングを逃してしまう。

それもあって、掃除や洗濯は記子さん、料理は私が担当することが多い。今日も、味噌の量みれば、味噌が秤に乗せられて、少しずつ計量している最中だった。

を量るうちに、だし汁が吹きこぼれてしまったのだろう。

「でもこれならお湯を足して味噌を入れたら、ちゃんと味噌汁になるから大丈夫だよ」

「本当？　よかったぁ」

「じゃあ代わるね」

「ううん！　がんばってみる。涼君は休んでいて」

私は、休むために二階へ上がる。

するとまた、階下から記子さんの悲鳴が聞こえた。何事かと階段を駆け下りると記子さんが、かまどを指さしてソファの陰で震えている。

「かまどから音がするの……！」


それは、かつてラファが現れたかまどだった。

（そういやラファは三カ月ほど、全く現れていない）

ラファが現れるわけがないと思いながら、おそるおそるかまどの蓋を取る。

かまどの中には、どこから入ってきたのか、煤まみれになった子猫がいた。驚いて取り出してみようとすると、子猫が逃げ出していく。家の中をあちらこちらと走って動く。

するとその子猫が入ったはずの隣の洋部屋の中に少女が立ち現れた。ラファだ。

「あのね、違ったのよ、あの時は。私は草原で襲われていないわ。団地の人たちに洋服を着替えさせられていたの。服に泥をつけたくなかったのね」

すると、光と熱のなかへ消えゆく少女から発せられる物音や色彩が薄れていくように見えた。


「涼、心は病んだりしない。強くなくていいのよ。愛しているわ」

私の耳に聞こえていたのは、穏やかな雨音。

「やさしさってなんですか？」

つやのある黒髪をした少女に尋ねた。

「ゆるすことかな。見捨てるとは少し違った」

そこには子猫がいた。青色の目をした黒猫。

眠たいらしく、まるで抵抗しない。

古い家のため、どこかに子猫が入れるような隙間があったのかもしれない、と記子さんとで話し合いをして、この子猫を飼うことになった。

名前は「ラファ」に決まる。

とても大切な名前だったことは覚えているのだが、なぜ、この名前が大切だったかは思い出せない。

〈本書の執筆にご協力くださった方〉
精神科診療所「こらーる岡山」山本昌知先生　※ 2016 年に閉院
東岡山キリスト教会（https://hocc.domei.church/）　中尾芳也牧師

〈カルト問題に詳しい団体〉
日本脱カルト協会（http://www.jscpr.org/）
出エジプト会（https://www.facebook.com/shutueji.kuramegu/）
※ URL はともに 2023 年 12 月 11 日現在

本書への掲載をご快諾いただき、心より感謝申し上げます。

解説

「こらーる岡山診療所」山本昌知

２０２２年７月、旧統一教会安倍元首相襲撃事件以後、旧統一教会の問題に世間の関心が集まっている。しかし、今から20年も30年も前から、若者を家族から奪還させたい、そのために隔離して教団と接触できないようにする方法はないものかという相談をうけることが稀ではなかった。

著者は幼少時から信者の二世としての差別、偏見、孤立の厳しい体験をし、傷つき、精神医療の支援を必要とする状態に陥る体験をした。

しかし、その人が20代になってキリスト教との出会い、著者の前向きな姿勢に触発されたさまざまな人達との出会いがあり、笑顔の多い日常を味わっている。

その人から出版にこぎつけた、あと書きをと依頼され、筆不精の私ですが出会って長い間御縁をいただいている身として２、３の記憶をたどりあとがきにかえさせていただくことにした。

私との出会いの最初は先ず本人３歳ごろの体験として「一緒に遊んでいた同年齢ぐらいの女児が見知らぬ男性に暴力的に脱衣させられ怯えている状況に自分は全く支援、助ける行動をとらなかった。無力感や恐怖と罪悪感が混じった変な感覚と情景が今でも続いている。」と反復して表現されたことが先ず思いだされる。この体験はその後の精神的な健康に絶えず影響していた出来事であったようだ。

7歳時、日本に帰国、神奈川県に住むことになった。家族、本人共に近隣との接触も乏しく、孤立、疎外、いじめなど強い緊張感を体験した。中学1年時、家庭内暴力、引きこもり状態となり、精神科病院に入院。退院後も、本人の苦しみも、環境も変わらず、家族内適応も困難となり、父と2人で暮らし、母や弟妹は岡山に移住した。「遺てられた」自分を受け入れられず、父からの虐待など重なり、小児精神科病院に入院することになるなど、傷だらけの10代を体験した。父母と弟妹と接触しないことを条件に岡山に転居することになった。

正直いって、家族関係や過去の経過や異常体験に支配されることも多く認められたことなどから、私には明るい見通しを持つことはできなかった。不十分極まりない支援体制であったが、自分の出来る範囲のことを一生懸命発揮する態度だけを持ち続けるソーシャルワーカーと出会ったことを機に、教会牧師、長老などが聖書の勉強と居場所を提供して下さる。福祉のケースワーカー、生活支援員など徐々に対人関係が拡大していった。自分の過去の体験を語ったり文章で表現する機会が増えていくうちに徐々に不適応破綻行動は影をひそめていった。

また、周囲から指示されたり指導されたことに関しては永続きしないが内発的に思いついたことは徹底して行動できる特徴があった。

ぶどうを育てる力を持った人が居なくなったという情報に接した時、現実検討能力が不十分で周囲から批判非難される行動も多かったが、グループの誰にも相談しないで専門のぶどう園の住込み就労に応募して数日で幻覚妄想状態を呈して解雇されたこと、孤立し希死念慮を訴えてきた仲間を見舞うべく酷暑の中を6時間歩き続けてふらふらになって35㎞以上離れた家に辿りついたこと、教会を花で飾りたいと思えば自己判断で庭に穴を掘り花木を植えたこと。教会を会場にして本人が選択した支援者全員が参加するケース会議を開催し、参加者全員で対話を重ねることなど「らしさ」が保障されるなかで自分の来し方を語ったり、考えを文章化したり、他者のニーズを満たすべく支援し、絆を強くしていった。

そして結婚し、子宝に恵まれ、父母が過去の宗教活動を離れて、新しい教会を訪問されるようになった。

最初の出会いでは暗い見通しを持っていたが、予想は見事にくつがえらされた感がある。

わたしたちの現状を振り返ってみると機能的な人間関係に終始して自分らしさを抑圧し、周囲に迎合した個性のないいわゆる協調的引きこもりの生活になっている。それにひきかえ苦しみ体験をバネにして可能なかぎり「らしさ」を大切にして力まず、素朴で暖かく美しい生活を築いているように見え、羨ましくも感じる。

本来、他者の実相は分からない、その未来も分からない、分からないのだとしっかり意識し、分からないから理解しようとする態度が生まれ、敬意を持って接しなければならない、軽蔑の瞳で観てはならないものだと教えられた。

私には過去から今日まで、教育担当と称する指導者が数多くいた。著者も過去の体験は表現することを受け入れてくれる人に出会えると人生のバネになること、継続すること、念ずることの重要性について教えて下さった大切な教育担当者の一人です。有難い。

稚拙なあとがきですが、お許しください。

作品によせて

想田和弘（映画作家）

雨宮くんとは今から二十年近く前、本作にも登場する精神科診療所「こらーる岡山」で出会った。

当時の僕は、同診療所に通う患者さんたちの世界を描かせてもらおうと、診察室や待合室にお邪魔して、カメラを回していた。それは後にドキュメンタリー映画『精神』（２００８年）として結実した。

雨宮くんは、こらーるで山本昌知先生の診療を受ける患者さんの一人だった。ドキュメンタリー映画の撮影に快く同意してくれて、待合室で他の患者さんたちと楽しそうにゲームに興じる様子を撮らせてもらったと記憶している。残念ながらその場面は映画には入らなかったが、雨宮くんとのお付き合いは、それからずっと続いている。

だから僕は雨宮くんのことを何となく知っているようなつもりだったのだが、彼の自伝的小説である本作を読んで反省した。僕が触れていたのは、雨宮くんを氷山に例えればその一角……というよりも一欠片にすぎず、彼の内部には僕の想像などはるかに超えた、巨大で深くて豊かな宇宙が広がっていたのである。考えてみれば当たり前のこの事実に、今さらながら気づかされて、不明を恥じた。そして本作の世界にぐいぐいと惹き込まれた。

いや、本作ですら雨宮くんの一角にしかすぎぬものなのだろう。
人間とは、実に興味深く、奥深いものである。
雨宮くん、この作品を書いてくれてありがとう。

プロ作家志望の妻を励ますために、この小説を書きました。

「埋もれ木に花が咲く」

私の人生を例えるならば、これ以上の相応しい言葉はありません。

山本昌知医師と出会い、東岡山キリスト教会で洗礼を受けた私は、神様と仲直りをしたのだと思います。


〝しかし神は、知恵ある者を恥じ入らせるために、この世の愚かな者を選び、強い者を恥じ入らせるために、この世の弱い者を選ばれました。〟

「聖書　新改訳２０１７　コリント人への手紙 第一　１章27節」より

雨宮福一

〈著者紹介〉
雨宮福一（あめみや　ふくかず）
1984年生まれ。
両親は韓国での合同結婚式に参加。両親はともに日本人。帰国したのは7歳。精神科病院の入退院を繰り返し、こらーる岡山診療所へたどり着く。

ツワブキの咲く場所（さばしょ）

2024年4月5日　第1刷発行

著　者　　雨宮福一
発行人　　久保田貴幸

発行元　　株式会社 幻冬舎メディアコンサルティング
〒151-0051　東京都渋谷区千駄ヶ谷4-9-7
電話　03-5411-6440（編集）

発売元　　株式会社 幻冬舎
〒151-0051　東京都渋谷区千駄ヶ谷4-9-7
電話　03-5411-6222（営業）

印刷・製本　中央精版印刷株式会社
装　丁　　弓田和則

検印廃止

Printed in Japan
ISBN 978-4-344-69036-3 C0093
幻冬舎メディアコンサルティングＨＰ
https://www.gentosha-mc.com/